FOLIO SCIENCE-FICTION

Philip K. Dick

Dans le jardin

et autres réalités déviantes

Traduit de l'américain
par Michel Deutsch, Alain Dorémieux,
Pierre-Paul Durastanti, P. K. Rey
Traductions revues et harmonisées
par Hélène Collon

Gallimard

Publié pour la première fois en 1952, Philip K. Dick (1928-1982) s'oriente rapidement, après des débuts assez classiques, vers une science-fiction plus personnelle, où se déploient un questionnement permanent de la réalité et une réflexion radicale sur la folie. Explorateur inlassable de mondes schizophrènes, désorganisés et équivoques, Philip K. Dick clame tout au long de ses œuvres que la réalité n'est qu'une illusion, figée par une perception humaine imparfaite.

L'important investissement personnel qu'il plaça dans ses textes fut à la mesure d'une existence instable, faite de divorces multiples, de tentatives de suicide ou de délires mystiques.

Le monde qu'elle voulait

À demi assoupi, Larry Brewster contemplait le fatras de mégots, de canettes de bière vides et de pochettes d'allumettes froissées amoncelé sur sa table. Il déplaça une unique bouteille, obtenant ainsi l'exact effet désiré.

Au fond du *Wind-Up*, un petit combo de jazz dixieland jouait bruyamment. Les puissants accents de la musique se mêlaient dans la pénombre au brouhaha général et au tintement des verres du côté du bar. Larry poussa un soupir de satisfaction béate.

« C'est le Nirvana », déclara-t-il avant d'acquiescer à ses propres propos. « Ou au moins le septième degré du paradis des bouddhistes zen.

— Le paradis des bouddhistes zen ne comprend pas sept degrés », rectifia juste au-dessus de lui une voix féminine sûre de son fait.

« En effet, reconnut-il après réflexion. Je disais cela métaphoriquement, pas littéralement.

— Vous devriez faire attention ; il faut penser exactement ce qu'on dit.

— Et dire ce qu'on pense ? » Larry leva les yeux. « Ai-je le plaisir de vous connaître, jeune dame ? »

Une fille svelte aux cheveux d'or se laissa tomber dans le fauteuil face à Larry ; son regard était vif et lumineux. Elle lui sourit et ses dents très blanches brillèrent dans l'obscurité. « Non, nous ne nous sommes jamais rencontrés, dit-elle. Mais le moment est venu.

— Ah bon ? » Larry redressa péniblement sa carcasse dégingandée. Il y avait dans l'expression alerte et compétente de cette fille quelque chose qui perçait les brumes de l'alcool et déclenchait en lui un signal d'alarme. Elle avait un sourire trop serein, trop assuré. « Que voulez-vous dire ? murmura-t-il. De quoi parlez-vous, au juste ? »

Ôtant son manteau, elle révéla des seins ronds et pleins, une silhouette tout en souplesse. « Je prendrai un martini, dit-elle. À propos, je m'appelle Allison Holmes.

— Larry Brewster. » Il l'étudia avec une vive attention. « Vous disiez ? Vous prendrez quoi ?

— Un martini. Sec. » Elle lui adressa un sourire sans chaleur. « Pourquoi ne pas en commander un pour vous ? »

Larry marmotta dans sa barbe, puis fit signe au garçon. « Max, un martini, sec.

— Bien, Mr. Brewster. »

Quelques instants plus tard, Max revenait poser le martini sur la table. Dès qu'il fut reparti, Larry se pencha vers la jeune fille blonde. « Et maintenant, miss Holmes...

— Vous ne prenez rien ?

— Non merci. » Il la regarda déguster son martini. Elle avait de petites mains délicates ; elle n'était pas laide, mais il n'appréciait guère la tranquille assurance qui se lisait dans son regard. « Qu'est-ce que c'est que cette histoire de moment qui serait venu pour nous ? Racontez-moi un peu ça.

— Rien de plus simple. En vous voyant assis là, j'ai su que c'était vous. Malgré ce fouillis sur votre table. » Elle fronça le nez devant ce spectacle. « Pourquoi ne la faites-vous pas nettoyer ?

— Parce que j'aime ça. Vous saviez que c'était *moi*, hein ? Mais encore ? » Tout cela commençait à l'intéresser. « Précisez un peu.

— Ceci est un moment très important dans ma vie, Larry. » Elle regarda autour d'elle. « Qui aurait cru que je vous rencontrerais dans un endroit pareil ? Mais ça se passe toujours comme ça pour moi. Ce n'est que le nouveau maillon d'une immense chaîne qui remonte... euh, aussi loin que je me souvienne.

— Et de quelle chaîne s'agit-il ? »

Elle éclata de rire. « Pauvre Larry, vous ne comprenez pas. » Elle se pencha vers lui ; une lueur dansait dans ses beaux yeux. « Voyez-vous, Larry, je sais une chose que personne d'autre ne sait dans ce monde-ci. Je l'ai apprise quand j'étais petite. Une chose qui...

— Minute. Que voulez-vous dire par “dans ce monde-ci” ? Qu'il y en a de plus beaux ? De meilleurs ? Comme chez Platon ? Que ce monde-ci n'est qu'une...

— Pas du tout ! » Allison fronça les sourcils. « Nous vivons dans le meilleur des mondes, Larry. Le meilleur des mondes possibles.

— Ah, oui ! Herbert Spencer.

— Le meilleur des mondes possibles... pour moi. » Un sourire sans chaleur, indéchiffrable.

« Pourquoi *pour vous* ? »

Il y avait du prédateur dans l'expression qui se peignit alors sur les traits finement ciselés de la jeune fille. « Parce qu'ici, répondit-elle avec calme, c'est mon monde *à moi.* »

Larry haussa un sourcil. « Votre monde à vous, hein ? » Il eut un sourire bonhomme. « Mais oui, mais oui, ma petite ; c'est notre monde à tous. » Il balaya la salle d'un geste large. « Le vôtre, mais aussi le mien, et celui du joueur de banjo.

— Non. » Elle secoua vigoureusement la tête. « Non, Larry. C'est *mon* monde ; il n'appartient qu'à moi. Avec tout ce qu'il contient. Les gens, les choses... tout y est à moi. » Elle déplaça son siège afin de se rapprocher de lui. Il respirait son parfum à présent ; un parfum suave, tiède, terriblement tentant. « Vous ne saisissez donc pas ? Tout cela est à moi. Toutes ces choses sont là pour moi, pour mon bonheur exclusif. »

Larry s'écarta imperceptiblement. « Ah bon ? Vous savez, comme principe philosophique, ça reste difficile à soutenir. Je l'admets, Descartes a dit que seuls nos sens nous permettaient de connaître le monde, et que ces sens reflètent notre propre... »

Elle posa sa petite main sur son bras. « Vous n'y êtes pas. Voyez-vous, Larry, il y a *beaucoup* de mondes... Et de toute sorte. Il y en a même des millions, des milliards. Autant que d'individus. Chacun a son monde propre, Larry, son univers bien à lui. Qui n'existe que pour lui, pour son seul bonheur. » Elle baissa les yeux avec modestie. « Et il se trouve qu'ici, c'est le mien. »

Larry réfléchit. « Très intéressant, mais les autres individus ? Moi, par exemple ?

— Eh bien, vous existez pour faire mon bonheur, bien entendu ; c'est bien ce que je disais. » La pression de sa main s'accrut. « Dès que je vous ai vu j'ai su que vous m'étiez destiné. J'y songeais depuis plusieurs jours. Il est temps qu'*il* se présente. L'homme qu'il me faut. Celui que je dois épouser — afin que mon bonheur soit complet.

— Hé ! s'exclama Larry en battant en retraite.

— Qu'est-ce qui ne va pas ?

— Et *moi* là-dedans ? Ce n'est pas juste. Et mon bonheur à moi, il ne compte pas ?

— Si... mais pas dans ce monde-ci. » Un geste vague. « Vous avez un monde bien à vous quelque part ; dans celui-ci, vous n'êtes qu'un aspect de ma vie. Pas tout à fait réel. Je suis la seule personne qui soit *entièrement* réelle dans ce monde-ci. Vous autres, vous êtes tous là pour moi. Juste *en partie* réels.

— Je vois. » Larry se laissa aller contre son dossier et se frotta le menton. « Si je comprends bien, j'existe dans de nombreux mondes différents. Un petit peu par-ci, par-là, selon les endroits où on a besoin de moi. Comme aujourd'hui dans ce monde-ci, par exemple. Je traîne dans le coin depuis vingt-cinq ans rien que pour pouvoir apparaître au moment précis où vous aviez besoin de moi.

— Voilà ! » Les yeux d'Allison dansaient joyeusement. « Vous avez compris. » Soudain, elle jeta un coup d'œil à sa montre. « Il se fait tard. Nous devrions y aller.

— *Nous ?* »

Allison se leva brusquement, ramassa son petit sac à main et jeta son manteau sur ses épaules. « Il y a tant de projets que je veux réaliser avec toi, Larry ! Tant d'endroits où je veux aller ! Tant de choses à faire ! » Elle agrippa son bras. « Viens. Dépêche-toi. »

Il se leva avec lenteur. « Écoutez...

— On va bien s'amuser, tu verras. » Elle l'orienta vers la sortie. « Voyons... Ce qui serait bien, c'est de... »

Il s'immobilisa rageusement. « Et l'addition ? Je ne peux pas partir comme ça. » Il fouilla dans ses poches. « Ça doit faire à peu près...

— Aujourd'hui, pas d'addition. C'est ma soirée. » Elle se tourna vers Max qui débarrassait la table. « N'est-ce pas ? »

Le vieux serveur releva lentement la tête. « Mademoiselle disait ?

— Je disais : ce soir, pas d'addition. »

Max hocha la tête. « En effet, mademoiselle, pas ce soir. C'est l'anniversaire du patron ; les consommations sont offertes par la maison. »

Larry le regarda bouche bée. « Quoi !

— Viens donc. » Allison l'entraîna à sa suite ; ils

franchirent de lourdes portes capitonnées et sortirent sur le trottoir dans la nuit et le froid new-yorkais. « Viens, Larry... nous avons tant à faire !

— Je ne comprends toujours pas d'où est sorti ce taxi », murmura-t-il.

Le véhicule redémarra et partit à vive allure. Larry regarda autour de lui. Où étaient-ils ? Les rues obscures étaient silencieuses et désertes.

« D'abord, dit Allison, je veux un bouquet de corsage. Tu ne crois pas que tu devrais offrir des fleurs à ta fiancée, Larry ? Je veux commencer en beauté.

— À cette heure de la nuit ? » Il désigna la ville endormie. « Vous plaisantez ? »

Elle réfléchit un moment, puis traversa vivement la rue, Larry sur les talons. Elle s'arrêta devant un fleuriste fermé, dont l'enseigne était naturellement éteinte et la porte verrouillée. À l'aide d'une pièce de monnaie, elle donna de petits coups secs sur la vitrine.

« Vous perdez la tête ! s'écria Larry. Il n'y aura personne là-dedans à une heure pareille ! »

Alors, au fond de la boutique, on entendit remuer. Un vieil homme s'approcha lentement de la vitrine en ôtant ses lunettes avant de les glisser dans sa poche. Il se courba pour déverrouiller la porte. « Madame ?

— Je veux un bouquet de corsage. Ce que vous avez de mieux. » Elle se força un passage et se mit à contempler les fleurs avec admiration.

« Laissez, mon vieux, fit tout bas Larry. Ne faites pas attention. Elle est...

— Pas de problème. » Le vieux fleuriste soupira. « Je vérifiais ma déclaration de revenus ; une petite pause me fera du bien. Je devrais en avoir de tout prêts. Je vais voir dans la chambre froide. »

Cinq minutes plus tard, ils ressortaient dans la rue. Allison baissait des yeux extasiés sur l'énorme orchidée piquée à son revers. « Elle est splendide, Larry ! » chuchota-t-elle. Elle lui serra le bras en cherchant son regard. « Merci beaucoup ; allons-y maintenant.

— Mais où ? Vous êtes peut-être tombée sur un vieux type qui suait sur ses impôts à une heure du matin, mais je vous défie de trouver qui que ce soit d'autre encore debout dans ce désert. »

Elle inspecta les environs. « Voyons... Par là. Cette vieille maison, là, la grande. Je ne serais pas du tout surprise si... » Elle l'entraîna à nouveau ; ses hauts talons claquaient dans le silence nocturne.

« Très bien, murmura-t-il avec un léger sourire. Je vous accompagne ; ça s'annonce passionnant. »

Pas une lumière ne brillait dans la vaste demeure carrée ; tous les stores étaient baissés. Allison s'engagea dans l'allée en tâtonnant dans le noir et gravit les marches menant à l'entrée principale.

« Hé ! » s'exclama Larry, soudain inquiet.

Elle avait saisi la poignée de la porte, et voilà qu'elle l'ouvrait. Une bouffée de lumière et de bruit les frappa au visage. On entendait des voix. Derrière un épais rideau, des gens allaient et venaient dans une immense salle, pleine à craquer d'hommes et de femmes en tenue de soirée, attablés ou accoudés aux comptoirs.

« Aïe ! grommela Larry. Bravo ! Ce n'est pas du tout un endroit pour nous. »

Trois gorilles de choc s'avancèrent d'un air nonchalant, les mains dans les poches. « Allez, monsieur ; on s'en va. »

Il tourna aussitôt les talons. « Pas de problème. Je suis quelqu'un de très accommodant.

— Ne dis pas de bêtises. » Allison lui saisit le bras, les yeux brillants d'excitation. « J'ai toujours voulu voir un cercle de jeu de près. Regarde toutes ces tables ! Qu'est-ce qu'ils font ? Qu'est-ce que c'est que ça, là-bas ?

— Pour l'amour de Dieu ! s'étrangla Larry, au désespoir. Tirons-nous d'ici et vite. Ces gens ne nous connaissent pas.

— Tu peux le dire », grinça l'un des trois malabars avec un signe de tête à l'adresse de ses compagnons. « On y va. » Ils empoignèrent Larry et le propulsèrent vers la porte.

Allison battit des paupières. « Mais qu'est-ce que vous faites ? Arrêtez ça tout de suite ! » Elle se concentra ; ses lèvres remuèrent. « Je veux... je veux parler à *Connie.* »

Les trois gorilles se figèrent. Puis, lentement, ils se tournèrent vers elle. « À qui ? Qui vous avez dit ? »

Elle leva vers eux un visage souriant. « À Connie... je crois. C'est bien ce que j'ai dit, non ? Connie. Où est-il ? » Elle parcourut la salle du regard. « C'est lui, là-bas, non ? »

À l'une des tables, un petit homme sur son trente-et-un se retourna en entendant son nom, le visage crispé par l'irritation.

« Laissez tomber, m'dame, fit dans un souffle l'un des gorilles. Faut pas embêter Connie. Il aime pas quand on l'embête. » Il referma la porte et poussa Allison et Larry de l'autre côté du rideau, dans la grande pièce. « Allez jouer. Amusez-vous ; prenez du bon temps. »

Larry considéra la jeune femme à ses côtés et secoua imperceptiblement la tête. « J'ai bien besoin d'un verre — et pas de la bibine.

— D'accord », dit-elle, toute joyeuse, les yeux rivés sur la roulette. « Vas-y. Moi, je joue. »

Après deux ou trois whiskies-soda bien tassés, Larry se laissa glisser de son tabouret et s'aventura dans les parages de la roulette disposée au centre de la salle.

Un attroupement s'était formé autour de la table. Il ferma les yeux pour tenter de reprendre ses esprits ; il avait compris. Après avoir rassemblé ses forces, il se fraya un chemin jusqu'à la table.

« Combien vaut celui-là ? » demandait Allison au croupier en brandissant un jeton bleu. Devant elle s'élevait une grosse pile de toutes les couleurs. On la regardait en échangeant des messes basses.

Larry parvint à s'ouvrir un chemin jusqu'à elle. « Comment vous débrouillez-vous ? Vous n'avez pas encore perdu votre dot ?

— Pas encore. Et j'en suis loin, d'après ce monsieur.

— Il est bien placé pour le savoir, fit-il avec un soupir de lassitude. Il est du métier.

— Tu veux jouer aussi ? demanda-t-elle tout en recevant une brassée de jetons. Tu peux prendre ceux-ci. J'en ai d'autres.

— Je vois. Mais... non merci ; c'est pas mon truc. Venez. » Il l'éloigna de la table. « Il est temps que nous parlions un peu, vous et moi. Là-bas, dans le coin, on sera tranquilles.

— Que nous parlions de quoi ?

— Je me suis dit comme ça que cette petite plaisanterie avait assez duré. »

Elle le suivit à contrecœur de l'autre côté de la pièce. Une flambée ronflait dans une cheminée monumentale. Larry se laissa tomber dans un fauteuil profond et lui désigna le siège voisin. « Asseyez-vous. »

Elle obtempéra en croisant les jambes et en lissant sa jupe, avant de s'adosser avec un soupir. « Agréable, non ? Le feu, et tout le reste ? Exactement ce que j'avais toujours imaginé. » Elle ferma les yeux et son visage prit une expression rêveuse.

Larry sortit son paquet de cigarettes et, plongé dans ses pensées, en alluma une avec des gestes mesurés. « Maintenant, écoutez-moi bien, miss Holmes...

— Allison. Après tout, nous allons nous marier.

— Très bien. Écoutez, Allison. Toute cette affaire est complètement absurde. J'y ai réfléchi au bar. Ça ne colle pas, votre théorie à la noix.

— Et pourquoi cela ? » Elle était à présent languide, distante.

Larry s'agita coléreusement. « Je vais vous le dire. Vous affirmez que je ne suis qu'*en partie* réel. C'est bien cela ? Vous êtes la seule à l'être totalement. »

Elle acquiesça. « C'est exact.

— Seulement, écoutez... Je ne sais pas pour tous ces gens... » Il eut un geste méprisant. « Vous avez peut-être raison en ce qui les concerne. Peut-être sont-ils *seulement* des fantômes. Mais pas moi ! Vous ne pouvez pas dire ça de moi. » Il tapa du poing sur son accoudoir. « Et ça, ce n'est qu'en partie réel, à votre avis ?

— Le fauteuil non plus n'est pas entièrement réel. »

Larry poussa un petit gémissement. « Bon sang, je suis venu au monde il y a vingt-cinq ans, je ne vous connais que depuis quelques heures et je devrais croire que je ne suis pas vivant pour de vrai ? Que je ne suis pas vraiment... moi-même ? Que je ne suis qu'un... accessoire dans votre univers à vous ? Un élément du décor ?

— Larry chéri, tu as ton monde à toi. Nous en avons tous un. Mais celui-ci, il se trouve que c'est le mien, et si tu y es, c'est pour moi. » Allison rouvrit ses grands yeux bleus. « Dans ton monde à toi, il se peut que j'existe un peu aussi. Tous nos mondes se chevauchent les uns les autres, chéri ; tu ne comprends donc pas ? Tu existes pour moi dans mon univers, et moi, sans doute, j'existe pour toi dans le tien. » Elle sourit. « Le Grand Architecte doit se montrer mesuré — comme tout bon artiste. Les mondes individuels sont souvent très similaires, presque identiques. Mais chacun n'appartient qu'à une seule personne...

— Et celui-ci est à vous. » Nouveau soupir. « D'accord, d'accord. Je ne vous ferai pas changer d'avis, apparemment ; puisque c'est comme ça, je marche — un moment au moins. » Il dévisagea cette jeune personne installée dans le fauteuil voisin du sien. « Vous n'êtes pas si désagréable à regarder, vous savez. Pas désagréable du tout, même.

— Merci.

— Ouais, je mords à l'hameçon un petit moment. Possible que nous soyons *vraiment* faits l'un pour l'autre. Mais il faut vous calmer un peu ; vous tirez un peu trop sur la corde. Si vous voulez rester avec moi, il va falloir cesser de s'emballer comme ça.

— Autrement dit ?

— Eh bien par exemple, cet endroit. Et si les flics débarquaient ? Le jeu, la vie nocturne... » Son regard se perdit dans le vague. « Non, ça ne me va pas. Ce n'est pas l'existence que je voulais. Vous savez ce que je vois dans ma tête, moi ? » Tout à coup, une délectation nostalgique illuminait ses traits. « Je vois une fermette perdue dans la campagne, loin de tout. Des champs, le Kansas peut-être. Ou le Colorado. Une maison toute simple. Avec un puits. Et des vaches. »

Allison fronça les sourcils. « Ah ?

— Et vous savez quoi ? Je me vois moi, travaillant au jardin ou m'occupant des poules. Vous avez déjà donné à manger aux poules ? » Il secoua la tête, tout heureux. « Eh bien c'est très amusant, petite. Il y aurait des écureuils aussi. Vous vous êtes déjà baladée dans un parc en nourrissant les écureuils ? Les gris avec une longue queue ? Aussi longue que leur corps ? »

Allison bâilla. Tout à coup, elle sauta sur ses pieds et ramassa son sac. « Je crois qu'il est l'heure de partir. »

Larry se mit lentement debout. « Oui, c'est l'heure.

— On va avoir une journée chargée, demain. Je veux me lever tôt. » Allison se fraya un passage parmi les joueurs en direction de la sortie. « Avant tout, je crois qu'on devrait chercher... »

Larry l'arrêta. « Vos jetons.

— Quoi ?

— Vos jetons. Il faut les rendre.

— Pour quoi faire ?

— Pour récupérer vos gains. Il me semble avoir entendu un appel en ce sens.

— Oh, la barbe ! » Elle se tourna vers un homme très carré assis à la table de black-jack. « Tenez ! » Elle lui balança les jetons sur les genoux. « Prenez ça. Bon, allons-y maintenant, Larry. »

Le taxi s'arrêta devant l'immeuble de Larry. « C'est ici que tu habites ? s'enquit Allison en levant les yeux sur son immeuble. Pas très moderne, hein ?

— Non. » Il ouvrit la portière. « Et la plomberie n'est pas toute jeune non plus. Mais qu'est-ce que ça peut faire ?

— Larry ? » Allison le retint comme il s'apprêtait à descendre. « Oui ?

— Tu n'oublieras pas pour demain, hein ?

— Demain ?

— On a beaucoup à faire. Je veux te voir levé tôt, frais et dispos. Comme ça, on aura le temps de tout faire.

— Six heures du matin, ça ira ? C'est assez tôt ? » Il bâilla. Il était tard et il avait froid.

« Oh ! non. Je passerai te prendre à dix heures.

— Dix heures ! Et mon boulot ? Je travaille moi !

— Pas demain. Demain, c'est *notre* journée.

— Mais comment diable veux-tu que je gagne ma vie si je ne... »

Elle l'entoura de ses bras minces. « Ne t'en fais pas, tout ira bien. Tu te rappelles ? Ici, c'est *mon* monde. » Elle l'attira à lui et posa sur sa bouche ses lèvres fraîches et douces. Elle se serra contre lui, les yeux clos.

Il s'arracha à son étreinte. « D'accord, d'accord. » Sur le trottoir, il rajusta sa cravate.

« À demain, alors. Et ne t'en fais pas pour ton travail d'avant. Au revoir mon chéri. »

Allison claqua la portière. Le taxi partit dans le noir ; hébété, Larry le suivit des yeux. Enfin il haussa les épaules et entra.

Sur la table du vestibule, une lettre l'attendait. Il la prit au passage et l'ouvrit en montant l'escalier. Elle émanait de son employeur, la compagnie d'assurances Bray, et détaillait le calendrier des congés en précisant les dates des quinze jours dévolus à chaque employé. Il n'eut pas besoin de chercher son nom pour savoir quand les *siens* commençaient.

« Ne t'en fais pas », avait dit Allison.

Il sourit d'un air piteux et fourra la lettre dans la poche de son manteau. Puis il ouvrit sa porte. Dix heures, avait-elle dit ? Bon, au moins lui restait-il une bonne nuit de sommeil.

La journée s'annonçait chaude et ensoleillée. Assis sur les marches de son immeuble, Larry Brewster fumait et méditait en attendant Allison.

Pas de doute, elle se débrouillait bien. C'était fou le nombre de choses qui paraissaient tomber dans son giron comme des prunes bien mûres. Pas étonnant qu'elle se croie dans un monde à elle... Elle avait toutes les veines, c'était certain. Mais il existait des gens comme ça. Des gens vernis. La chance leur souriait à tous les coups ; ils gagnaient aux jeux télévisés, ils trouvaient de l'argent dans le caniveau ; ils misaient sur le bon cheval. Ça arrivait.

Son monde à elle... Larry sourit. Selon toute probabilité, Allison y croyait dur comme fer. Intéressant. Bon, il lui tiendrait compagnie encore quelque temps ; c'était une chouette fille.

Un klaxon résonna ; Larry leva les yeux. Une décapotable deux tons se garait devant lui, capote rabattue. Allison agita la main. « Coucou ! Monte ! »

Il s'approcha. « Où as-tu trouvé cette voiture ? » Il ouvrit la portière et s'assit sans se presser.

« La voiture ? » Elle démarra et se faufila dans

la circulation. « J'ai oublié ; je crois qu'on me l'a donnée.

— Tu as oublié ! » Il la regarda fixement, puis se laissa aller dans le siège confortable. « Alors ? Par quoi commence-t-on ?

— On va visiter notre nouvelle maison.

— *Notre* nouvelle maison ?

— Mais oui. Là où nous allons vivre, toi et moi. » Larry s'affaissa. « Comment ? Mais tu... »

Allison prit un virage à toute allure. « Tu vas voir, elle va te plaire ; c'est joli comme tout. Ton appartement a combien de pièces ?

— Trois. »

Allison eut un rire allègre. « Elle, elle en a onze. Sur deux étages. Deux cents mètres carrés. Enfin, c'est ce qu'on m'a dit.

— Tu ne l'as pas vue ?

— Pas encore. Mon homme de loi ne m'a appelée que ce matin.

— Parce que tu as un homme de loi ?

— Elle fait partie d'un héritage qu'on m'a laissé. »

Larry rassembla ses esprits avec peine. Dans son tailleur écarlate, Allison fixait la route d'un air respirant la plus totale béatitude. « Je ne suis pas sûr de bien comprendre. Tu n'as jamais vu cette maison, le notaire vient à peine de t'appeler, elle fait partie d'un héritage.

— C'est cela. Un vieil oncle. J'ai oublié son nom. Je ne m'attendais pas à ce qu'il me lègue quoi que ce soit. » Elle se tourna vers Larry, rayonnante et chaleureuse. « Mais c'est le plus beau jour de ma vie, tu comprends. Il importe que *tout* aille comme sur des roulettes. Dans mon univers tout entier...

— Ouais... Eh bien, j'espère que la maison te plaira. »

Elle éclata de rire. « Ça ne fait pas de doute. Après tout, elle n'existe que pour moi ; c'est sa seule raison d'être.

— Tu fais de ta théorie une science exacte, murmura-t-il. Tout ce qui t'arrive ne peut que concourir à améliorer ton univers. Tout te satisfait. Donc, ce ne peut être *que* ton monde à toi. Peut-être as-tu le don de tirer le meilleur parti de tout ce qui t'arrive en te disant que ça te convient parfaitement.

— C'est ce que tu crois ? »

Il fronça les sourcils d'un air pensif tandis qu'ils roulaient toujours à tombeau ouvert. « Dis-moi, fit-il enfin, comment as-tu appris l'existence de ces mondes multiples ? Pourquoi es-tu si sûre que celui-ci est le tien ? »

Elle lui sourit. « J'ai trouvé toute seule. J'ai étudié la logique, la philosophie, l'histoire, et toujours il subsistait une zone d'ombre qui m'intriguait. Pourquoi, dans le destin des êtres ou des nations, y avait-il tant d'événements qui semblaient subvenir providentiellement, juste à point nommé ? D'où me venait l'impression que mon monde était *exactement* ce qu'il devait être, que tout au long de l'histoire, de mystérieux événements s'étaient produits afin, justement, de l'orienter dans ce sens précis ?

« Je connaissais, certes, la théorie du “meilleur des mondes possibles”, mais telle qu'on la rencontrait dans les livres, elle n'avait aucun sens. J'ai étudié les religions, les spéculations scientifiques sur l'existence d'un Créateur... mais toujours il manquait une pièce vitale qui soit ne collait pas avec la théorie, soit n'était pas prise en compte. »

Larry hocha la tête. « Bien sûr. C'est facile : si nous vivons dans le meilleur des mondes possibles, alors pourquoi tant de souffrances inutiles ? S'il existe un Créateur bienveillant et omnipotent, comme des millions de gens l'ont cru, le croient et le croiront sans doute encore à l'avenir, comment expliquer le mal ? » Il lui sourit à son tour. « Et toi, tu as trouvé la réponse à tout ça, hein ? Sur quoi tu l'as gobée comme un vulgaire martini ? »

— Inutile de le prendre sur ce ton... Quoi qu'il en soit, la solution était simple, en effet, et je ne suis pas la seule à l'avoir trouvée, sauf dans cet univers-ci, apparemment...

— D'accord, coupa-t-il, je garde mes objections pour moi jusqu'à ce que tu m'aies expliqué comment tu t'y es prise.

— Merci, mon chéri. Tu vois que tu commences à comprendre, même si tu n'es pas encore tout à fait convaincu... D'ailleurs, ça deviendrait vite fatigant. Je m'amuse beaucoup plus à te convaincre. Ne t'impatiente pas ; j'y viens.

— Merci.

— C'est aussi simple que l'œuf de Colomb, quand on a compris le truc. Si la théorie du Créateur bienveillant et celle du « meilleur des mondes possibles » ne tiennent pas, c'est parce que nous partons du postulat arbitraire qu'il n'existe qu'un seul monde. Mais voyons les choses sous un autre angle, imaginons un Créateur aux pouvoirs infinis. Pareil être supérieur doit pouvoir créer une infinité de mondes... ou du moins, un tel nombre de mondes qu'il reviendrait à nous paraître infini.

« *Cela* posé, tout tombe en place. Le Créateur a donné l'impulsion initiale ; il a créé des univers distincts pour chaque être humain, chacun n'existant *que* pour ce dernier. Il est artiste, mais Il pratique l'économie de moyens, ce qui entraîne une infinie répétition d'événements et de motifs dans tous ces mondes.

— Ah ! fit doucement Larry. Je vois où tu veux en venir maintenant. Dans certains mondes, Napoléon a gagné la bataille de Waterloo — il n'y a que dans son univers à lui que tout a bien marché ; dans celui-ci, il *devait* perdre...

— Je ne suis pas certaine que Napoléon ait jamais existé dans mon monde, répliqua Allison d'un ton pensif. Je crois qu'il n'y figure que dans les archives, même s'il a existé un individu de ce nom dans d'autres mondes. Dans le mien Hitler a été battu ; Roosevelt est mort — je le regretterais bien, seulement je ne le connaissais pas, et puis il n'était pas tellement réel, de toute manière ; l'un comme l'autre, ce n'étaient que des images issues de mondes appartenant à d'autres personnes...

— Je vois. Et tout a marché au poil pour toi, pendant toute ta vie, hein ? Tu n'as jamais été ni malade ni blessée, tu n'as jamais eu faim...

— En effet, admit-elle. J'ai bien eu quelques chagrins, quelques contrariétés, mais rien de bien...

handicapant, disons. Et chaque peine a joué un rôle dans ma démarche pour obtenir ce que je désirais vraiment, ou pour comprendre quelque chose d'important. Tu vois, Larry, ma logique est sans faille ; je me suis contentée de procéder à des déductions à partir des faits. Aucune autre explication ne vaut celle-ci. »

Larry eut un petit sourire. « De quelle importance est ce que je crois ? Tu ne changeras pas d'avis de toute façon. »

Il considéra le bâtiment d'un air dégoûté. « C'est une maison, ça ? » finit-il par lâcher.

Allison, elle, levait sur la grande demeure des yeux ravis. « Tu disais, mon chéri ? »

La maison était immense et ultramoderne : un vrai cauchemar de pâtissier. On voyait se dresser d'énormes piliers reliés par des poutres obliques et des arcs-boutants. Les pièces s'empilaient les unes sur les autres comme des boîtes à chaussures en désordre. L'ensemble était revêtu de plaques métalliques d'un jaune clair repoussant. Sous le soleil matinal, la maison jetait mille feux.

« Et... ça, là, c'est quoi ? » Larry désigna les plantes négligées qui serpentaient sur les façades irrégulières. « C'est fait exprès ? »

Allison cligna des yeux puis fronça légèrement les sourcils. « Pardon ? Les bougainvillées ? Des plantes très exotiques. Elles viennent du Pacifique Sud.

— Qu'est-ce qu'elles font là ? Elles maintiennent la cohésion de l'ensemble ? »

Le sourire d'Allison s'évanouit. Elle haussa un

sourcil. « Chéri, tu te sens bien ? Quelque chose ne va pas ? »

Il retourna à la voiture. « Rentrons en ville. Je commence à avoir faim.

— Bon, répondit Allison en le regardant avec curiosité. On y va. »

Ce soir-là, après dîner, Larry se montra d'humeur maussade et peu loquace. « Allons au *Wind-Up*, dit-il tout à coup. J'ai envie d'un endroit familier, pour changer.

— Pourquoi dis-tu ça ? »

D'un mouvement de tête, il désigna le coûteux restaurant d'où ils sortaient. « Ces éclairages raffinés, ces petits personnages en livrée qui vous chuchotent à l'oreille... Et en français en plus !

— Si tu veux pouvoir commander des plats, il faut savoir un peu de français », affirma-t-elle. Elle fit une moue coléreuse. « Je commence à me poser des questions à ton sujet, Larry. La façon dont tu t'es comporté devant notre maison, les choses bizarres que tu as dites... »

Il haussa les épaules. « En la voyant, j'ai momentanément perdu la tête.

— Eh bien, je te conseille de t'en remettre.

— Je fais des progrès constants. »

Il arrivèrent au *Wind-Up*. Allison fit mine d'entrer mais Larry préféra faire halte le temps d'allumer une cigarette. Ce bon vieux *Wind-Up* ; rien qu'en se tenant là, devant l'entrée, il se sentait déjà mieux. La chaleur, l'obscurité, le bruit, le médiocre orchestre dixieland, au fond...

Sa bonne humeur revint. Ah, la tranquillité, la satisfaction que procurent ces petits bars un peu miteux ! Il soupira, poussa la porte...

Et se figea, frappé de stupeur.

Le *Wind-Up* avait changé. La salle était brillamment éclairée. À la place de Max, des serveuses en stricte tenue blanche s'affairaient de-ci, de-là. Partout des femmes élégantes sirotant des cocktails en bavardant. Et au fond, un orchestre de faux tziganes dont un rustaud à cheveux longs et costume bidon, qui torturait un violon.

Allison se retourna. « Alors, tu viens ! jeta-t-elle avec impatience. Tu vas te faire remarquer à rester planté là sur le seuil ! »

Il considéra longuement l'orchestre, les serveuses, les clientes, les néons tamisés. Il se sentait gagné par une espèce de torpeur. Ses épaules s'affaissèrent.

« Qu'y a-t-il ? » Allison lui prit le bras avec humeur. « Qu'est-ce qui t'arrive ?

— Que... Que s'est-il passé ici ? » Il désigna l'intérieur d'un geste mou. « Un accident ?

— Oh, ça ! J'avais oublié de te prévenir. J'ai parlé à Mr. O'Mallery peu avant notre rencontre, hier soir.

— Mr. O'Mallery ?

— Le propriétaire de l'immeuble. Un vieil ami à moi. J'ai attiré son attention sur... la *saleté* de son petit bar, son incontestable manque de charme. Je lui ai suggéré certaines améliorations. »

Larry ressortit sur le trottoir, écrasa sa cigarette

d'un coup de talon et enfonça rageusement ses mains dans ses poches.

Allison lui courut après, les joues rouges d'indignation. « Larry ! Où vas-tu ?

— Bonsoir.

— Comment ça, bonsoir ? » Elle le dévisagea, stupéfaite. « Que veux-tu dire ?

— Que je m'en vais.

— Et où ça ?

— Qu'importe. Chez moi. Dans le parc. Ailleurs. » Il s'éloignait déjà, voûté, les mains toujours dans les poches.

Elle le rattrapa et se planta devant lui, folle de rage. « Tu as perdu la tête ? Tu te rends compte de ce que tu dis ?

— Oui. Je te quitte ; on se sépare. C'était bien, mais c'est fini. Allez, à une prochaine fois peut-être. »

Les pommettes d'Allison flamboyaient comme des charbons ardents. « Minute, Mr. Brewster. Je crois que vous négligez un point important, fit-elle d'une voix âpre, crispée.

— Ah oui ? Et lequel ?

— Tu n'as pas le *droit* de me quitter ; tu ne peux pas me laisser en plan. »

Il haussa un sourcil. « Vraiment ?

— Tu as intérêt à changer d'avis pendant qu'il est encore temps.

— Je ne saisis pas très bien, dit-il en bâillant. Je crois que je vais regagner mon petit trois-pièces et me coucher. Je suis fatigué. » Il voulut la contourner.

« Tu as oublié ? jeta-t-elle. Tu as oublié que tu n'es pas *complètement* réel ? Que tu n'existes qu'en tant qu'élément de mon monde ?

— Bon sang ! Tu ne vas pas recommencer ?

— Réfléchis bien avant de t'en aller. Tu existes pour mon seul bénéfice. Nous sommes dans *mon* monde, Mr. Brewster ; souviens-t'en. Peut-être que dans le tien ça se passe différemment, mais ici, c'est *mon* monde. Et dans mon monde, tout m'obéit.

— Salut, dit Larry Brewster.

— Tu... tu t'obstines ? »

Alors, lentement, Larry secoua la tête. « Non, répondit-il. Finalement, non ; je ne pars plus. J'ai changé d'avis. Tu me poses trop de problèmes. *C'est toi qui t'en vas.* »

Comme il prononçait ces mots, une boule de lumière vive descendit doucement sur la tête d'Allison Holmes, puis l'enveloppa d'une radieuse aura et la souleva de terre sans effort, jusqu'à ce que la jeune fille dépasse le toit des immeubles et s'enfonce dans le ciel nocturne.

Larry Brewster regarda tranquillement la boule de lumière emporter Miss Holmes. Il ne s'étonna pas de la voir s'évanouir progressivement devant ses yeux jusqu'à s'effacer tout à fait.

Brusquement, il n'y eut plus rien dans le ciel qu'un pâle chatoiement. Allison Holmes avait disparu.

Larry Brewster resta un bon moment perdu dans ses pensées. Allison allait lui manquer. Par certains côtés, elle lui avait plu ; elle l'avait distrait quelque temps. Mais bon, elle était partie maintenant. Ce qu'il avait connu sous le nom d'« Allison Holmes » n'était qu'une manifestation partielle de la jeune femme.

Puis il se souvint : tandis que la boule de lumière l'emportait, il avait brièvement aperçu derrière elle un monde différent qui était évidemment le *sien*, celui d'Allison, son monde réel, le monde qu'elle voulait. Avec des immeubles familiers qui le mirent mal à l'aise ; il se rappelait encore la maison...

Mais alors... Allison avait été bien réelle, après tout... Elle avait existé dans le monde de Larry jusqu'à ce qu'il soit temps pour elle d'être transportée dans le sien propre. Y trouverait-elle un autre Larry Brewster, qui verrait les choses du même œil qu'elle ? Cette idée le fit frissonner.

Au bout du compte, l'expérience s'avérait plutôt déroutante.

« Je me demande pourquoi », fit-il tout bas.

Il repensa à d'autres événements déplaisants en se disant que sans eux, finalement, certaines choses positives qu'il avait connues dans sa vie n'auraient pas pu se produire ; ils lui avaient procuré une expérience dont il n'aurait pas pu prendre la mesure autrement.

« Enfin, soupira-t-il, tout est pour le mieux. »

Il repartit sans hâte vers chez lui, les mains dans les poches. De temps en temps il regardait furtivement le ciel, comme pour y chercher une confirmation.

La Machine à Préserver

Doc Labyrinth se laissa aller en arrière dans sa chaise longue en fermant les yeux d'un air lugubre. Il resserra sa couverture autour de ses genoux.

« Alors ? » fis-je.

Je me chauffais les mains près du barbecue. C'était une journée fraîche et claire. Le ciel ensoleillé de Los Angeles était presque sans nuages. Derrière la modeste demeure de Labyrinth, un pré ondulait doucement jusqu'au pied des collines et du petit bois qui créait une illusion de campagne à l'intérieur même de la ville.

« Alors ? répétai-je. La machine a bien fonctionné comme vous l'espériez ? »

Labyrinth ne répondit pas sur-le-champ. Je me retournai vers lui. Le vieil homme avait rouvert les yeux et contemplait, maussade, un gros scarabée fauve qui grimpait sur sa couverture, lentement, méthodiquement, avec un air de dignité. Il atteignit bientôt le sommet et disparut de l'autre côté. Nous étions de nouveau seuls.

Labyrinth soupira et leva les yeux vers moi. « Ça, on peut dire qu'elle a fonctionné. »

Je cherchai des yeux le scarabée, mais il n'était plus en vue. Un petit vent frisquet se levait en tourbillonnant autour de moi dans la clarté du jour finissant. Je me rapprochai du barbecue.

« Si vous me racontiez ça ? » suggérai-je.

Doc Labyrinth, comme tous les gens qui ont trop de loisirs et lisent énormément, avait acquis la conviction que, comme l'Empire romain en son temps, notre civilisation prenait le chemin de la décadence. Il lui semblait y déceler les fissures mêmes qui avaient abouti à l'anéantissement de l'ancien monde, celui de la Grèce et de Rome ; il était persuadé que notre société finirait par sombrer de la même façon, pour laisser place à un âge d'obscurantisme.

Une fois parvenu à cette conclusion, Labyrinth s'était mis à réfléchir à toutes les belles choses qui seraient perdues dans cette redistribution des cartes. Il songea aux œuvres d'art, à la littérature, aux belles manières, à la musique, bref, à tout ce qui disparaîtrait. Et il lui semblait que, de toutes ces grandes et nobles réalisations de l'esprit humain, la plus périssable et la plus vite oubliée serait sans doute la musique.

La musique est le plus précaire des arts, le plus fragile, le plus délicat, le plus facilement anéanti.

Cette perspective inquiétait beaucoup Labyrinth, car c'était un fervent mélomane, horrifié à la pensée qu'un jour Brahms et Mozart n'existeraient plus, qu'il ne resterait plus rien de cette douce musique de chambre qui le faisait rêver de perruques poudrées, d'archets enduits de résine et de longs et fins candélabres dont la cire perlait à l'infini dans la pénombre...

Quel infortuné monde poussiéreux et sans âme qu'un monde sans musique ! Comme la vie y serait insupportable !

C'est ainsi que lui vint l'idée d'inventer une Machine à Préserver. Un soir où, installé dans le grand fauteuil de son séjour, Labyrinth écoutait à faible volume de la musique sur son électrophone, il lui vint une vision. Une image étrange se forma dans son cerveau : la dernière partition existante d'un trio de Schubert, un ultime exemplaire écorné, maculé de traces de doigts, traînant par terre dans un endroit laissé à l'abandon qui devait être un musée.

Dans le ciel passait un bombardier. Et les bombes tombaient, réduisant en ruine le musée dont les murs s'effondraient avec fracas. Et les gravats s'amoncelaient sur le trio de Schubert désormais perdu, promis au pourrissement et à la décrépitude.

Alors, dans la vision de Doc Labyrinth, la partition émergeait des décombres comme une taupe fouissant la terre, à coups de griffes et de dents, et en déployant une furieuse énergie.

Si seulement la musique possédait l'instinct de survie élémentaire et banal des taupes ou des vers de terre, tout changerait ! Si on pouvait la transformer en créatures vivantes, en animaux dotés de crocs et de griffes, elle serait en mesure de survivre.

Si seulement on pouvait construire une Machine : une Machine susceptible de métamorphoser les partitions musicales en êtres vivants !

Malheureusement, Doc Labyrinth n'avait pas les capacités requises pour procéder lui-même à une telle réalisation. Il jeta sur le papier quelques schémas préalables qu'il expédia, plein d'espoir, à divers laboratoires de recherches. Qui, pour la plupart, étaient naturellement trop occupés à exécuter leurs contrats militaires. Pourtant, il finit par mettre la main sur les gens qu'il fallait. Une petite université du Midwest s'enthousiasma pour ses plans et accepta avec empressement de s'attaquer sans tarder à leur mise en œuvre.

Les semaines passèrent. Labyrinth reçut enfin une carte postale de l'université. La fabrication de la machine était en bonne voie ; en fait, elle était pratiquement terminée. Les chercheurs l'avaient soumise à un premier test en y introduisant deux airs populaires. Le résultat ? Deux petites bêtes à l'allure de rongeurs en étaient sorties en trottinant et avaient détalé dans tout le laboratoire jusqu'à ce que le chat les attrape et les mange. La Machine n'en était pas moins un succès.

Elle fut livrée peu après à son commanditaire, soigneusement empaquetée dans une caisse entourée de fil de fer et assurée pour le transport. Labyrinth entreprit de défaire l'emballage dans un état d'excitation extrême. Quelles pensées fugaces durent se bousculer dans son esprit tandis qu'il ajustait les réglages et s'apprêtait à effectuer sa première transformation ! Pour commencer, il avait choisi une partition fort précieuse à ses yeux : le Quintette à cordes nº 5 en *sol* mineur de Mozart. Il la feuilleta un long moment, perdu dans des pensées bien éloignées de la réalité. Enfin il alla insérer la partition dans la machine.

Le temps passa. Labyrinth attendit nerveusement, plein d'appréhension, en se demandant bien ce qu'il allait trouver en ouvrant le compartiment. Sauvegarder pour l'éternité la musique de ces grands compositeurs, c'était à ses yeux une entreprise à la fois belle et tragique. Comment en serait-il remercié ? Sur quoi allait-il tomber ? Quelle forme tout cela revêtirait-il quand il en aurait terminé ?

À toutes ces questions, il n'existait pour l'instant nulle réponse. Pendant qu'il méditait ainsi, le voyant rouge de la machine s'était mis à clignoter. Le processus de transformation était achevé, la métamorphose accomplie. Il ouvrit la porte.

« Juste ciel ! s'exclama-t-il. Comme c'est bizarre. »

Un oiseau, et non un mammifère, sortit du compartiment. L'oiseau-mozart était ravissant, petit, gracieux, avec le plumage déployé d'un paon. Il s'avança quelque peu dans la pièce en sautillant puis, curieux mais affectueux, revint vers Labyrinth. Tremblant, ce dernier se baissa, la main tendue. L'oiseau-mozart vint tout près. Puis, d'un seul coup, il s'envola.

« Stupéfiant », murmura Labyrinth.

Il l'appela doucement, patiemment, avec force câlineries, et l'oiseau finit par revenir se poser devant lui. Il le caressa un long moment du bout des doigts tout en réfléchissant. À quoi ressembleraient les autres ? Impossible à imaginer. Il saisit avec précaution l'oiseau-mozart et le plaça dans une boîte.

Il fut encore plus surpris le lendemain en voyant sortir de l'appareil un scarabée-beethoven austère et pétri de dignité. C'était d'ailleurs celui que je devais plus tard voir de mes propres yeux grimper le long de sa couverture rouge, entièrement absorbé par une tâche qui ne concernait que lui.

Ensuite avait surgi l'animal-schubert. Tout fou, ce petit être proche de l'agneau courait bêtement en tout sens et ne voulait que jouer. Alors Labyrinth arrêta tout, histoire de réfléchir sérieusement au problème.

Quels étaient les *vrais* facteurs de la survie ? La plume légère valait-elle mieux que les griffes ou les crocs acérés ? Labyrinth ne savait plus que penser. Il s'était plutôt attendu à trouver une armée de solides blaireaux, ou de créatures griffues et écailleuses, prêts à s'enfouir, à se débattre, à mordre et à ruer pour défendre leur peau. N'aurait-il pas dû obtenir autre chose ? Mais après tout, sait-on quels sont les meilleurs facteurs de survie ? Les dinosaures étaient bien équipés, ce qui ne les avait pas empêchés de disparaître. De toute manière, maintenant que la machine était en marche, il était trop tard pour faire demi-tour.

Labyrinth poursuivit donc l'expérience en introduisant dans la Machine à Préserver l'œuvre d'une multitude de compositeurs, jusqu'à ce que le bois derrière chez lui soit envahi par une horde de créatures rampantes et bêlantes qui donnaient de la voix et s'affrontaient toutes les nuits. Sur le nombre, il y eut des êtres étranges qui le remplirent d'étonnement. L'insecte-brahms ressemblait à un gros mille-pattes arrondi avec des pattes qui pointaient dans toutes les directions ; tout aplati, il était revêtu d'une fourrure uniforme, aimait vivre en solitaire et détalait promptement, en prenant bien soin d'éviter l'animal-wagner, sorti de la machine juste avant lui.

Volumineux et bariolé, l'animal-wagner avait manifestement mauvais caractère et Doc Labyrinth le craignait quelque peu, tout comme les mouches-bach d'ailleurs, ces nuées de bestioles sphériques de plus ou moins grande taille obtenues à partir des quarante-huit Préludes et Fugues. Il y avait aussi l'oiseau-stravinski, qui semblait fait d'un curieux assemblage de fragments disparates, et cent autres incongruités.

Labyrinth les lâchait dans le bois, où ils s'empressaient de s'enfoncer comme ils pouvaient, qui en sautillant, qui en gambadant. Mais déjà il éprouvait un vague sentiment d'échec. Chaque fois qu'une nouvelle créature sortait de la machine, il en restait stupéfait ; il n'avait aucun pouvoir sur le résultat final. C'était comme si l'expérience lui échappait, soumise à quelque loi mystérieuse et invincible, et cela lui causait de grands tracas. On eût dit que les créatures s'inclinaient devant une vaste force impersonnelle que Labyrinth ne pouvait ni percevoir ni appréhender. Et qui lui inspirait de la frayeur.

Labyrinth se tut. J'attendis un moment, mais il ne tenait apparemment pas à poursuivre son récit. Je me retournai pour l'observer. Le vieil homme fixait sur moi un étrange regard plaintif.

« Je n'en sais pas beaucoup plus, reprit-il enfin. Il y a bien longtemps que je ne suis plus allé là-bas, dans le bois. Ça me donne la chair de poule. Je sais qu'il s'y passe des choses, mais...

— Pourquoi ne pas y jeter un œil tous les deux ? »

Il a eu un sourire soulagé. « Ça ne vous embête pas trop ? J'espérais bien que vous me le proposeriez. Cette histoire commence à me déprimer sérieusement. » Il repoussa sa couverture et se leva en s'époussetant. « Alors en route. »

Nous avons fait le tour de la maison afin d'emprunter un sentier étroit qui menait au bois. Autour de nous, tout était à l'abandon : une mer chaotique de mauvaises herbes, de buissons non taillés, de plates-bandes retournées à l'état sauvage. Doc Labyrinth ouvrait la marche et écartait les branches en se baissant et se tortillant pour se frayer un chemin.

« Quelle jungle », remarquai-je.

Nous avons continué ainsi un bon moment. Le bois était sombre et humide ; le soleil était presque couché et une brume légère s'abattait sur nous à travers les feuillages.

« Personne ne vient jamais par ici. » Sur ces mots, Doc s'arrêta subitement et regarda autour de lui. « Il vaudrait peut-être mieux retourner chercher mon fusil. On ne sait pas ce qui pourrait arriver.

— Pourquoi êtes-vous si certain que les choses ont mal tourné ? demandai-je en le rattrapant. Ce n'est peut-être pas si grave que vous le croyez. »

Labyrinth embrassa du regard les alentours et repoussa du pied un amas de branchages. « Ils sont là, tout autour de nous, à nous épier. Vous ne le sentez donc pas ? »

Je hochai distraitement la tête. « Qu'est-ce que c'est que ça ? » Je soulevai une lourde branche toute pourrie d'où tombèrent des champignons pour la rejeter plus loin, mettant ainsi au jour un monticule informe et indistinct, à demi enfoui dans le sol meuble. « Qu'est-ce que c'est ? » répétai-je.

Labyrinth baissa les yeux. Il avait l'air tendu et désemparé. Il tâta le monticule du bout du pied, sans trop insister. Je me sentais mal à l'aise « Mais qu'est-ce que c'est, enfin ? insistai-je. Vous le savez ? »

Labyrinth reporta lentement son regard sur moi. « L'animal-schubert, murmura-t-il. Ou du moins ce qu'il en reste, c'est-à-dire pas grand-chose. »

L'animal-schubert... Celui qui folâtrait comme un jeune chien avide de jouer. Je me penchai pour balayer les feuilles et brindilles qui le recouvraient. C'était bien un cadavre, éventré, la gueule ouverte, grouillant de fourmis et de vermine affairée. Il commençait à empester.

« Mais comment est-ce arrivé ? » s'interrogea Labyrinth. Il secoua la tête. « Qui a pu faire ça ? »

Un bruit. Nous avons fait précipitamment volte-face.

Tout d'abord, nous n'avons rien vu. Puis un buisson a bougé, et pour la première fois, nous avons distingué une forme. Elle devait être là depuis notre arrivée, à nous observer. Elle était très grande, longiligne, avec de grands yeux brillants. Je lui trouvai des airs de coyote, mais en plus massif. Son épais pelage était emmêlé par endroits. La gueule béante, elle nous contemplait en silence, comme étonnée de nous trouver ici.

« C'est l'animal-wagner, dit Labyrinth d'une voix accablée. Mais il a changé. Beaucoup changé. Je le reconnais à peine. »

La créature huma l'air, les poils de l'encolure tout hérissés. Puis elle recula brusquement dans la pénombre, et l'instant d'après elle avait disparu.

Nous sommes restés un instant immobiles, ne sachant que dire. Enfin Labyrinth reprit ses esprits. « C'était donc ça, prononça-t-il. J'ai du mal à y croire. Mais pourquoi ? Que s'est-il... ?

— C'est l'adaptation, expliquai-je. Si on lâche un chat domestique dans la nature, il devient sauvage. Pareil pour un chien.

— Oui, acquiesça-t-il. Le chien doit redevenir loup pour survivre. La loi de la jungle. J'aurais dû m'y attendre. C'est un phénomène général. »

J'observai une nouvelle fois le cadavre avant de lancer un coup d'œil vers les fourrés silencieux. L'adaptation... ou peut-être pis. Une idée germait dans ma tête, mais je me gardai de l'exprimer tout de suite. « J'aimerais bien en voir d'autres, déclarai-je. Essayons d'en trouver. »

Labyrinth donna son accord et nous avons entrepris d'explorer les hautes herbes en écartant les branches et le feuillage. Je me dégotai un bâton, mais Labyrinth, lui, se mit à quatre pattes pour chercher à tâtons, comme un myope qui a perdu ses lunettes.

« Même les enfants peuvent redevenir des animaux, poursuivis-je. Rappelez-vous les enfants-loups découverts en Inde. Qui eût cru qu'ils aient pu être jadis des enfants comme les autres ? »

Labyrinth hocha la tête, visiblement malheureux, et il n'était pas difficile de comprendre pourquoi. Il s'était trompé dès le départ, et les conséquences de son erreur commençaient tout juste à lui apparaître. La musique allait bien survivre sous forme d'êtres vivants, mais Labyrinth avait oublié la leçon du Jardin d'Éden : une fois créé, l'être acquiert son existence propre, il échappe à son créateur qui ne peut plus agir sur lui à sa guise. En assistant à l'évolution de l'homme, Dieu avait dû ressentir la même tristesse — et la même humiliation — que Labyrinth à mesure qu'il voyait Ses créatures se modifier pour répondre aux nécessités de la survie.

Le fait d'avoir assuré la pérennité à ses créatures musicales n'avait plus aucun sens pour lui, puisqu'elles laissaient germer *en elles-mêmes*, et sous ses yeux à lui, l'extermination de la beauté qu'il avait justement voulu éviter par leur intermédiaire. Doc Labyrinth releva soudain sur moi un regard pathétique. Il leur avait certes garanti la survie, mais ce faisant il avait effacé le sens, la valeur de celle-ci. J'ai voulu lui sourire comme j'ai pu, mais il s'est hâté de détourner les yeux.

« Ne vous en faites pas trop, lui dis-je. L'animal-wagner n'a pas tellement changé. Vous ne m'aviez pas dit qu'il était déjà du genre teigneux ? Qu'il avait dès le début un penchant pour la violence et... »

Je m'interrompis subitement. Doc Labyrinth avait fait un bond en arrière en retirant sa main de l'herbe et s'étreignait le poignet en tremblant de douleur.

« Qu'est-ce qu'il y a ? » fis-je en me précipitant. Frémissant, il tendait sa main vers moi. « Quoi ? Que s'est-il passé ? »

Je retournai sa main vers le bas. Le dos en était strié de marques rouges qui enflaient à vue d'œil. Il s'était fait piquer ou mordre. J'inspectai le sol en donnant des coups de pied dans l'herbe.

Quelque chose bougea. Une petite boule dorée roula à toute vitesse sur elle-même pour se réfugier dans les fourrés. Elle était recouverte de piquants comme une ortie.

« Attrapez-la ! s'écria Labyrinth. Vite ! »

Je courus à sa poursuite en brandissant mon mouchoir pour me protéger des piquants. La bestiole sphérique roulait frénétiquement pour tenter de m'échapper, mais je parvins enfin à la saisir.

Labyrinth fixa le bout de tissu où elle gigotait pendant que je me relevais. « Je suis complètement dépassé, avoua-t-il. Il vaut mieux rentrer à la maison.

— Qu'est-ce que c'est ?

— Une des mouches-bach. Mais elle aussi a évolué... »

Nous avons rebroussé chemin à tâtons dans l'obscurité croissante. Cette fois, c'est moi qui ouvrais la marche en écartant les branchages, suivi de Labyrinth qui, sombre et taciturne, se frottait la main de temps à autre.

Nous avons enfin atteint le jardin et gravi les marches de la véranda située à l'arrière de la maison. Labyrinth déverrouilla la porte et nous sommes entrés dans la cuisine. Il alluma la lumière et se hâta d'aller à l'évier faire couler de l'eau sur sa main.

Je pris dans le placard un pot de confiture vide pour y placer délicatement la mouche-bach. La boule dorée mit aussitôt à l'épreuve les parois qui l'emprisonnaient tandis que je refermais hermétiquement le couvercle. Je m'assis à la table. Nous gardions tous deux le silence : Labyrinth baignant sa main dans l'eau froide et moi regardant, mal à l'aise, la sphère tourner en rond dans le pot de confiture pour essayer de fuir.

« Alors ? dis-je enfin.

— Pas de doute. » Labyrinth vint s'asseoir en face de moi. « Il s'est produit une métamorphose. Pour commencer, je suis sûr qu'elle n'avait pas ces piquants venimeux. Heureusement que j'ai observé certaines précautions en me prenant pour Noé.

— Que voulez-vous dire ?

— Je les ai tous faits asexués. Ils ne peuvent pas se reproduire. Il n'y aura pas de deuxième génération. Quand ces spécimens mourront, l'histoire s'arrêtera là.

— Je dois admettre que je suis heureux de vous l'entendre dire.

— Je me demande..., murmura Labyrinth. Je me demande ce que ça donnerait sur le plan musical maintenant, après ce qui s'est passé.

— De quoi parlez-vous ?

— De cette sphère, la mouche-bach. Voilà bien le test final, non ? On pourrait la réintroduire dans la machine, pour voir. Vous n'êtes pas curieux de savoir ?

— C'est votre expérience, Doc. À vous de décider. Mais ne comptez pas trop sur les résultats. »

Il saisit avec soin le pot de confiture et nous avons descendu l'escalier fort raide qui menait à la cave. J'aperçus dans un coin une haute colonne de métal terni qui se dressait près des bacs à lessive. Une étrange sensation me parcourut. C'était la Machine à Préserver.

« Ainsi la voilà, dis-je.

— Oui, c'est elle », confirma Labyrinth.

Il resta un certain temps à ajuster les réglages, puis il prit le pot à confiture et le tint devant l'embouchure. Il en retira doucement le couvercle, et la mouche-bach sortit avec une certaine réticence, pour pénétrer enfin dans la machine. Labyrinth referma la trappe. « Allons-y », décréta-t-il.

Il actionna les commandes et la machine se mit

à fonctionner. Puis il croisa les bras et notre attente commença. Dehors la nuit tombait, grignotant peu à peu la lumière. Enfin un voyant rouge se mit à clignoter sur le devant de la machine. Doc Labyrinth tourna le bouton en position ARRÊT et nous sommes restés là sans bouger, muets ; ni l'un ni l'autre ne se décidait à ouvrir l'appareil.

« Alors ? demandai-je enfin. Qui de nous deux va oser regarder ? »

Labyrinth secoua sa torpeur et fit coulisser la trappe pour plonger le bras dans le compartiment. Il en ressortit une mince liasse : une partition musicale. Il me la tendit. « Voici le résultat, annonça-t-il. Remontons la jouer. »

Nous sommes revenus dans la salle de musique. Labyrinth s'assit au piano à queue et je lui tendis la partition. Il l'ouvrit et, après l'avoir étudiée un moment, le visage dénué de toute expression, se mit à jouer.

J'écoutai la musique qui naissait sous ses doigts. Elle était hideuse. Je n'avais jamais rien entendu de tel. Une suite de sons dénaturés, diaboliques, dépourvus de toute cohérence ou signification... à moins de leur supposer un sens entièrement *autre*, déconcertant, qui n'aurait jamais dû se manifester. Il me fallait déployer des efforts sans mesure pour accepter que cette chose ait jamais pu être une fugue de Bach, un élément d'une œuvre globale structurée et digne de respect.

« Nous savons maintenant à quoi nous en tenir », déclara Labyrinth, qui se leva, prit la partition à deux mains et la déchira méthodiquement.

Alors qu'il me raccompagnait à ma voiture au bout de l'allée, je repris la parole : « Je suppose que le combat pour la survie est une force plus puissante que le génie humain. À côté de lui, la morale et les manières qui nous sont si précieuses ne pèsent pas lourd. »

Labyrinth opina. « En ce cas, peut-être n'y a-t-il rien à faire pour les sauvegarder.

— L'avenir le dira, répondis-je. Votre méthode a échoué, mais d'autres peuvent encore réussir ; un jour il se passera des choses que nous ne pouvons absolument pas prédire. »

Prenant congé de Labyrinth, je montai en voiture. Il faisait à présent nuit noire. J'allumai mes phares et reculai jusqu'à la route dans l'obscurité la plus complète. Pas d'autres voitures en vue. Je me sentis soudain très seul, et de surcroît j'avais froid.

Au carrefour, je m'arrêtai pour passer en marche avant. Alors je vis quelque chose bouger au bord du trottoir, au pied d'un grand sycomore. Je plissai les yeux pour essayer de distinguer ce que c'était.

Au pied de l'arbre, un gros scarabée brun s'affairait à édifier une curieuse construction d'aspect plutôt rudimentaire à laquelle il faisait adhérer une petite motte de boue. Perplexe, je le regardai longuement faire, mais il finit par prendre conscience de ma présence et interrompre sa tâche. Alors il fit subitement demi-tour pour rentrer dans son abri en refermant soigneusement la porte derrière lui.

J'embrayai.

Des nuées de Martiens

Ted Barnes entra et, tout frémissant, le visage défait, jeta son manteau et son journal sur le fauteuil. « Encore une ! marmotta-t-il. Toute une nuée ! Il y avait même une de ces sacrées *bestioles* sur le toit des Johnson. Quand je suis arrivé ils étaient en train de la faire tomber avec une perche. »

Lena vint ramasser son vêtement, qu'elle alla accrocher dans la penderie. « Heureusement que tu es rentré tout droit à la maison.

— Quand j'en vois une, j'ai les mains qui tremblent. » Ted se laissa tomber sur le canapé et chercha son paquet de cigarettes dans sa poche. « Parole, ça me met dans un état ! » Il alluma sa cigarette et souffla tout autour de lui un nuage de fumée grise. Ses mains cessaient peu à peu de trembler. Il essuya la sueur qui ourlait sa lèvre supérieure et desserra sa cravate. « Qu'est-ce qu'il y a pour dîner ?

— Du jambon. » Lena se pencha pour l'embrasser.

« Comment ça se fait ? On fête quelque chose ?

— Non. » Lena repartit vers la porte de la cuisine. « C'est ce jambon fumé en conserve que ta mère nous a donné. Je me suis dit qu'il était temps de l'ouvrir. »

Ted la regarda disparaître dans la cuisine, mince et séduisante avec son tablier en imprimé de couleurs vives. Il soupira et se détendit en se laissant aller contre son dossier. Le salon paisible, Lena dans la cuisine, le poste de télévision qui fonctionnait tout seul dans son coin... tout cela le réconfortait un peu.

Il délaça ses souliers et s'en débarrassa d'une ruade. L'incident n'avait duré que quelques minutes, mais il lui avait paru beaucoup plus long. Pendant une éternité il était resté figé sur le trottoir, les yeux rivés au toit des Johnson. Les cris des hommes, la perche...

... et cette *chose* drapée sur l'arête du toit, cette espèce d'informe sac gris fuyant le contact de la perche, se rétractant tantôt dans un sens, tantôt dans l'autre pour ne pas se faire déloger.

Ted frissonna. Il en eut un haut-le-cœur. Il était resté planté là à regarder, incapable de détourner les yeux. Puis un type l'avait dépassé en courant et en lui marchant sur le pied, et le charme s'était rompu. Délivré, il s'était éloigné au plus vite, soulagé et ébranlé à la fois. Bon sang... !

La porte de derrière claqua. Jimmy fit son entrée dans le salon d'un pas nonchalant, les mains dans les poches. « Salut, P'pa. » Il s'arrêta près de la porte de la salle de bains et contempla son père. « Qu'est-ce qui t'arrive ? T'as l'air tout drôle.

— Viens un peu par ici, Jimmy. » Ted écrasa sa cigarette. « Il faut que je te parle.

— Faut que j'aille me débarbouiller avant dîner.

— Viens t'asseoir. Le dîner attendra. »

Jimmy vint se hisser sur le canapé. « Qu'est-ce qui se passe ? Qu'est-ce qu'il y a ? »

Ted dévisagea son fils, avec sa petite figure toute ronde, ses cheveux emmêlés qui lui retombaient dans les yeux et cette traînée de crasse sur la joue. Jimmy avait onze ans. Le moment était-il bien choisi pour lui parler ? Ted serra amèrement les dents. Autant le faire toute de suite, tant que lui-même avait encore bien en tête le souvenir de l'incident.

« Jimmy, il y avait un Martien sur le toit des Johnson. Je l'ai vu en rentrant de la station de bus. »

Les yeux de Jimmy s'arrondirent. « Tu veux dire une *bestiole* ?

— Oui. On le faisait tomber avec un grand bâton. Il y en a une nuée dans le coin. Il en tombe une tous les trois ou quatre ans. » Ses mains se remettaient à trembler. Il alluma une autre cigarette. « C'est-à-dire pas aussi souvent qu'avant. Ils arrivent de Mars par nuées, par centaines de nuées, à la dérive. Ils atterrissent dans le monde entier — comme des feuilles mortes. » Il frissonna. « Des feuilles mortes balayées par le vent.

— Mince ! » Jimmy sauta sur ses pieds. « Il y est encore ?

— Non, tout à l'heure ils essayaient de le faire tomber. » Tim se pencha vers son fils. « Écoute-moi bien. Si je t'en parle c'est pour que tu te tiennes à l'écart de ces *choses*. Si tu en vois une, fais immédiatement demi-tour et prends tes jambes à ton cou. Tu m'entends ? Ne t'en approche jamais. N'y... » Il hésita. « N'y fais pas attention. Tourne les talons et pars en courant, le plus vite possible. Va chercher quelqu'un, arrête la première personne que tu rencontres ; dis-lui ce que tu as vu et rentre directement à la maison. Compris ? »

Jimmy hocha la tête.

« Tu sais à quoi ils ressemblent. On t'a montré des photos à l'école. Tu as dû... »

Lena apparut dans l'entrée de la cuisine. « Le dîner est prêt. Jimmy, tu n'as pas fait ta toilette ?

— Je l'ai arrêté en chemin, intervint Ted en se levant. J'avais à lui parler.

— Souviens-toi bien de ce que te dit ton père à propos de ces *bestioles*, sinon gare au martinet. »

Jimmy partit en courant vers la salle de bains. « Je vais me laver. » Il claqua la porte derrière lui.

Ted croisa le regard de Lena. « J'espère qu'on sera bientôt débarrassés d'eux. J'ai même peur de sortir.

— Ça ne devrait plus tarder. J'ai vu à la télévision qu'on était mieux organisés que la dernière fois. » Lena calcula de tête. « C'est la cinquième nuée. On dirait que ça se raréfie. Ce n'est plus aussi fréquent. La première, c'était en 1958. La suivante en 59. Je me demande quand cela finira. »

Jimmy sortit en trombe de la salle de bains. « À table !

— D'accord, dit Ted. À table. »

C'était un après-midi radieux. Jimmy Barnes sortit en trombe de la cour de récréation, franchit le portail de l'école et se retrouva sur le trottoir. Son cœur battait d'excitation. Il traversa pour rejoindre Maple Street, puis Cedar Street en courant tout du long.

Quelques personnes fouinaient toujours sur la pelouse des Johnson — un policier et quelques curieux. On voyait une zone dévastée en plein milieu, une espèce de déchirure dans le gazon. Autour de la maison, toutes les fleurs avaient été piétinées. Mais pas trace de la *bestiole*.

Mike Edwards vint lui donner un coup de poing sur le bras. « Quoi de neuf, Barnes ?

— Salut. Tu l'as vue ?

— La *bestiole* ? Non.

— Mon père l'a vue en rentrant du travail.

— Mon œil !

— Je t'assure. Il dit qu'on la faisait tomber avec une perche. » Ralf Drake arriva à vélo. « Où elle est ? Elle est partie ?

— Ils l'ont déjà mise en pièces, répondit Mike. Barnes dit que son vieux l'a vue en rentrant chez lui hier soir.

— Il m'a dit qu'ils tentaient de la déloger à coups de perche. Elle essayait de s'accrocher au toit.

— Elles sont toutes desséchées, toutes ridées, précisa Mike, comme si on les avait laissées trop longtemps pendues dans le garage.

— Comment tu le sais ? demanda Ralf.

— J'en ai vu une, une fois.

— Ouais. Tu parles. »

Ils poursuivirent leur chemin sur le trottoir, Ralf poussant son vélo, sans cesser de se quereller à tue-tête à propos des *bestioles*. Ils tournèrent dans Vermont Street et traversèrent le grand terrain vague.

« Le présentateur télé a dit qu'on les avait presque toutes trouvées, commenta Ralf. Il n'y en avait pas beaucoup, cette fois-ci. »

Jim donna un coup de pied dans un caillou. « J'aimerais quand même bien en voir une avant qu'ils ne les détruisent toutes.

— Et moi, j'aimerais en *attraper* une », dit Mike.

Ralf s'esclaffa. « Si t'en voyais une, tu t'enfuirais tellement vite qu'au coucher du soleil, tu serais encore en train de courir.

— Ah ouais ?

— Ouais, tu courrais comme un dératé !

— Cause toujours. Je la descendrais à coups de pierres, moi, c'te *bestiole* !

— Et tu la ramènerais chez toi dans une boîte de conserve ? »

Mike s'élança à la poursuite de Ralf, ce qui l'amena sur la chaussée puis jusqu'au coin de la rue. La dispute se prolongea pendant toute la traversée de la petite ville ; arrivés dans les quartiers populaires, de l'autre côté de la voie ferrée, ils se chamaillaient encore. Ils dépassèrent la fabrique d'encre, puis l'endroit où les camions de la *Western Lumber Company* venaient prendre leur chargement de bois de charpente. Le soleil descendait sur l'horizon. Le soir approchait. Un vent froid se leva et chahuta les palmiers bordant la *Hartly Construction Company*.

« Salut ! » dit Ralf. Il sauta sur son vélo et s'éloigna. Mike et Jimmy revinrent ensemble vers la ville et se séparèrent dans Cedar Street.

« Si tu vois une *bestiole*, tu m'appelles, dit Mike.

— Pas de problème. » Jimmy remonta Cedar Street les mains dans les poches. Le soleil était couché. Il faisait plus froid tout à coup. L'obscurité tombait.

Il marchait lentement, les yeux rivés au sol. Les réverbères s'allumèrent. De rares voitures passaient dans la rue. Derrière les rideaux des maisons, il apercevait fugitivement des pièces brillamment éclairées, chaleureuses ; des cuisines, des salles de séjour... À un moment, il entendit un poste de télévision tonitruer dans la pénombre. Puis il longea le mur de brique ceignant le domaine des Pomeroy. Le mur céda bientôt la place à une grille surmontée d'immenses épineux, sombres et immobiles dans le crépuscule.

Jimmy fit une pause le temps de s'agenouiller pour rattacher son lacet. Une rafale de vent froid l'enveloppa soudain et fit légèrement onduler les arbres. Dans le lointain, un train poussa une plainte lugubre qui résonna dans le soir tombant. L'enfant pensa à la table du dîner, à son père déchaussé, lisant les journaux. À sa mère dans la cuisine, à la télévision qui murmurait toute seule, au salon douillet et bien éclairé.

En se relevant, Jimmy vit quelque chose bouger au-dessus de sa tête, dans les arbres. Il se raidit. Quelque chose reposait dans les branches en oscillant au gré du vent. Il en resta bouche bée, cloué sur place.

Une *bestiole* ! Une *bestiole* qui guettait, silencieuse, dans l'arbre.

Une *très vieille bestiole*, il le vit tout de suite. Il en émanait une impression de sécheresse, une odeur de poussière séculaire. Oui, une forme grise manifestement ancienne qui, immobile et silencieuse, s'était plaquée sur le tronc et les branches. Une espèce de masse de toiles d'araignée, de filaments poudreux et d'entrelacs grisâtres accrochés à l'arbre. Une présence ténue, nébuleuse, qui lui fit dresser les cheveux sur la nuque.

La forme se mit à bouger, mais si lentement qu'il faillit ne rien remarquer. Elle glissait autour du tronc en tâtonnant prudemment, centimètre par centimètre, cherchant son chemin comme si elle était aveugle.

Jimmy s'éloigna de la grille. Il faisait tout à fait nuit à présent. Le ciel était d'encre. Quelques étoiles scintillaient froidement, inaccessibles flammèches. Tout au bout de la rue, un autobus tourna à l'angle en faisant gronder son moteur.

Une *bestiole*, là, accrochée dans l'arbre au-dessus de lui ! Jimmy recula en catastrophe. Son cœur battait douloureusement ; il étouffait. Sa vision se brouillait, son champ visuel s'obscurcissait ou paraissait s'évanouir dans le lointain. La *bestiole* n'était qu'à une courte distance de lui, deux ou trois mètres seulement au-dessus de sa tête.

De l'aide... il fallait qu'il appelle au secours. Qu'on fasse venir des hommes avec des perches pour déloger la *bestiole* !... quelqu'un !... vite ! Il ferma les yeux et s'arracha de la grille. Il avait l'impression d'être englouti dans un raz de marée, dans un océan déchaîné qui l'entraînait, déferlait sur son corps et l'immobilisait. Impossible de s'en dégager. Il était pris au piège. Il tâcha de lutter. Un pas... un autre... puis un troisième...

C'est alors qu'il l'entendit.

Ou plutôt qu'il la *sentit.* Car il n'y avait aucun son. C'était comme un martèlement dans sa tête, un murmure pareil à celui de la mer. Le martèlement venait se briser contre son esprit par petites vagues qui l'entouraient de toutes parts. Jimmy fit halte. Le murmure était doux, rythmé. Mais insistant aussi, et même pressant. Il commença à se différencier, à prendre forme et substance. Le flot se fractionnait en sensations, en images et en scènes distinctes.

Des scènes... d'un autre monde, de *son* monde à *elle.* La *bestiole* lui parlait, lui décrivait son monde, lui montrait scène après scène avec une impatience anxieuse.

« Laisse-moi », marmonna Jimmy d'une voix pâteuse.

Mais les scènes affluaient toujours ; urgentes, insistantes, elles venaient lécher son esprit.

Des plaines... un désert immense, illimité. Un sol rouge sombre, craquelé, raviné. Un lointain alignement de collines arrondies, poussiéreuses, érodées. Sur la droite, une cuvette évoquant un gigantesque moule à tarte vide bordé d'une croûte saline, un anneau de cendre acide laissé par une eau depuis longtemps évaporée.

« Laisse-moi ! » répéta Jimmy en reculant encore d'un pas.

Mais les visions prenaient de l'ampleur et se succédaient, de plus en plus nombreuses. Il y eut des cieux morts, des nuages de sable perpétuellement fouettés par le vent, de véritables murs de sable parfois, ainsi que des tourbillons de poussière qui se gonflaient sans répit sur fond de paysage desséché. De rares plantes rabougries, au pied des rochers. Et à l'ombre des montagnes, des araignées géantes figées au centre d'antiques toiles couvertes de poussière. Mortes à l'abri des crevasses.

La perspective s'élargit. Une espèce de conduit perçait un sol rouge recuit par le soleil. Manifestement une bouche d'aération, signalant un habitat souterrain. La vue changea. Jimmy voyait à présent le cœur de la planète en traversant des strates successives de roche fracassée. C'était décidément une planète toute fanée, toute ridée, où il n'y avait plus ni feu ni humidité pour entretenir la vie. Sa peau se craquelait, sa pulpe se desséchait et partait en poussière. Mais en son centre était niché un habitat quelconque, un espace aménagé au plus profond de la terre.

C'était là que Jimmy se trouvait maintenant, entouré de *bestioles* qui glissaient en tous sens. On voyait aussi des machines, toutes sortes d'appareils, des édifices, des plantations ordonnées, des générateurs, des maisons individuelles, des salles pleines de matériel complexe.

Des secteurs entiers de cet habitat étaient inaccessibles, manifestement condamnés. Il distingua encore des portes métalliques rouillées, des machines rongées par la corrosion, des soupapes bloquées en position fermée, des tuyaux qui partaient en poussière, des cadrans fendillés, brisés. Des chaînes de production engorgées, des rouages édentés, de plus en plus de sections fermées et de moins en moins de *bestioles*...

La scène changea à nouveau. C'était la Terre vue de très loin, une petite sphère verte qui tournait lentement sur elle-même, ensevelie sous les nuages. De vastes océans, de l'eau bleue sur des kilomètres de profondeur, une atmosphère humide. Et les *bestioles* qui partaient à la dérive à travers l'immensité désertique de l'espace, lentement, pour se rapprocher de la Terre un peu plus chaque année, à une allure désespérément lente.

Puis ce fut une vue rapprochée de la Terre. Une image presque familière. La surface d'un océan, une interminable étendue d'écume que survolaient quelques mouettes, avec au loin un rivage. Un océan terrien sous un ciel où filaient des nuages.

On y voyait flotter d'immenses sphères métalliques aplaties. Des embarcations artificielles dont la circonférence atteignait plusieurs dizaines de mètres, et sur lesquelles reposaient en silence des *bestioles* occupées à puiser l'eau et les minéraux de l'océan.

La *bestiole* dans l'arbre essayait de lui dire quelque chose, de lui parler d'elle. Ces disques sur l'eau... les *bestioles* voulaient utiliser l'eau, vivre sur l'eau, à la surface de l'océan. De gigantesques disques flottants couverts de *bestioles*... elle voulait qu'il le sache, qu'il voie leurs disques aquatiques.

Elles voulaient seulement vivre en milieu marin, pas sur la terre. Uniquement sur l'eau — et elles sollicitaient sa permission à lui. Rien que l'eau. Voilà ce qu'elle essayait de lui dire : elles convoitaient les étendues d'eau qui séparaient les continents. La *bestiole* l'implorait, à présent. Elle voulait connaître la réponse. Qu'il se prononce enfin, qu'il parle, qu'il donne son autorisation ! Elle attendait sa sentence, elle attendait, elle espérait, elle suppliait...

Les visions s'évanouirent en un clin d'œil. Jimmy vacilla sous le choc et trébucha contre le trottoir. Il se releva d'un bond et essuya l'herbe mouillée qui maculait ses mains. Il était debout dans le caniveau. Il voyait toujours la *bestiole* immobile dans les branches. Elle était presque invisible maintenant ; il la discernait à peine.

Le martèlement avait progressivement quitté son esprit. La *bestiole* s'était retirée.

Jimmy tourna les talons et s'en fut en courant. Il traversa la rue et, sanglotant, hors d'haleine, longea le trottoir opposé jusqu'au croisement de Douglas Street. Un homme solidement bâti attendait à l'arrêt de bus, un panier-repas sous le bras.

Jimmy se précipita vers lui. « Une *bestiole*, là-bas, dans l'arbre ! » Il chercha son souffle. « Dans ce grand arbre, là !

— Tire-toi, môme, grommela l'homme.

— Mais c'est une *bestiole* ! » insista Jimmy d'une voix que la panique rendait suraiguë. « Dans l'arbre ! »

Deux silhouettes masculines se profilèrent dans la pénombre. « Quoi ? Une *bestiole* ?

— Où ça ? »

D'autres personnes apparurent. « Où est-elle ? »

Jimmy fit de grands gestes. « Dans le parc des Pomeroy. Un arbre près de la clôture. »

Un policier arriva. « Qu'est-ce qui se passe ici ?

— Le gamin a repéré une *bestiole*. Qu'on aille chercher une perche.

— Montre-la-moi, dit le policier en prenant Jimmy par le bras. Viens. »

Jimmy les mena jusqu'au mur de brique mais prit soin de se tenir à l'écart de la grille. « Là-haut.

— Dans quel arbre ?

— Celui-là, je crois. »

On actionna une lampe électrique, dont le faisceau s'insinua dans les arbres. Des lumières s'allumèrent chez les Pomeroy et la porte d'entrée s'ouvrit.

« Qu'est-ce que vous faites là ? tonna la voix hargneuse de Mr. Pomeroy.

— On a trouvé une *bestiole*. N'approchez pas. »

La porte se referma aussitôt.

« Là ! » Jimmy pointa l'index. « Dans cet arbre-ci. » Son cœur cessa presque de battre. *« Là-haut.*

— Où ça ?

— Je la vois. » Le policier recula et dégaina son arme.

« Impossible de l'abattre comme ça. Les balles se contentent de les traverser.

— Qu'on aille chercher une perche.

— C'est trop haut.

— Alors une torche enflammée.

— Une torche ! »

Deux hommes s'éloignèrent en courant. Des véhicules s'arrêtaient. Une voiture de police freina et le ululement de sa sirène mourut progressivement. Des portières s'ouvrirent, des hommes approchèrent au pas de course. Un projecteur éblouit tout le monde, puis localisa la *bestiole* et resta braqué sur elle.

Elle était toujours immobile, accrochée à son épineux. Dans la lumière crue, elle avait l'air d'un cocon géant cramponné en position instable. Puis elle se mit à progresser de façon hésitante sur le pourtour du tronc, étendant des filaments pour s'assurer une prise.

« Une torche, bon sang ! Qu'on apporte une torche enflammée ! »

Un homme arriva avec une planche arrachée à une palissade et à laquelle on avait mis le feu. On versa de l'essence sur des journaux entassés en rond au pied de l'arbre. Les branches basses prirent feu, timidement tout d'abord, puis avec plus de hardiesse.

« Encore de l'essence ! »

Un homme en tenue, blanche approcha. Il traînait un bidon d'essence dont il projeta le contenu sur l'arbre. Les flammes jaillirent et s'élevèrent rapidement. Les branches noircissaient et crépitaient dans le brasier.

Au-dessus de leurs têtes, la *bestiole* s'ébranla, puis se hissa maladroitement sur une branche supérieure. Les flammes la léchaient presque. Elle accéléra l'allure et grimpa en ondulant sur une branche encore plus haute, puis sur une autre.

« Regardez-la s'enfuir.

Elle n'ira pas bien loin. Elle est presque en haut. »

On apporta encore de l'essence. Les flammes bondirent à nouveau. Un attroupement s'était formé de part et d'autre de la grille, mais les policiers tenaient les badauds à distance.

« Elle est partie par là ! » Le faisceau lumineux suivit le mouvement de la *bestiole.*

« Elle a atteint le sommet ! »

Et en effet elle restait là, accrochée à sa branche, à osciller d'avant en arrière. Les flammes sautaient de branche en branche et se rapprochaient sans cesse. Elle sondait les alentours en déployant des filaments. Tout à coup, une langue de feu l'effleura.

La *bestiole* crépita et un filet de fumée s'en éleva.

« Elle brûle ! » Un murmure d'excitation se répandit dans l'assistance. « Son compte est bon. »

La *bestiole* enflammée tentait gauchement de prendre la fuite. Soudain, elle tomba sur une branche inférieure et y resta suspendue une seconde, toute fumante et crépitante. Puis la branche céda avec un craquement déchirant.

La *bestiole* tomba par terre, au milieu des journaux imbibés d'essence.

La foule rugit. On se pressa autour de l'arbre dans le plus grand désordre.

« Écrasez-la !

— Achevez-la !

— Piétinez-moi cette saleté ! »

Des bottes s'abattirent à plusieurs reprises sur la *bestiole* jusqu'à en enfoncer les restes dans le sol. Un homme tomba puis s'écarta de justesse ; ses lunettes pendaient par une branche à l'une de ses oreilles. Des grappes de gens se poussaient mutuellement et en venaient aux mains pour atteindre l'arbre. Une branche enflammée se détacha et quelques personnes battirent en retraite.

« Je l'ai eue !

— Reculez ! »

D'autres branches s'écrasèrent au sol. La foule se dispersa et regagna la rue par petits groupes. On échangeait des plaisanteries et des bourrades.

Jimmy sentit la main du policier peser sur son bras et ses gros doigts s'enfoncer dans sa chair. « C'est fini, petit.

— Ils l'ont eue ?

— Tu peux le dire. Comment tu t'appelles ?

— Je... » L'enfant voulut répondre mais juste à ce moment-là une bagarre éclata entre deux des badauds et le policier se précipita.

Jimmy s'attarda un moment. La soirée était peu clémente. Un petit vent glacé le transperçait jusqu'aux os. Soudain, il se représenta à nouveau son père lisant le journal, étendu sur le canapé, sa mère préparant le repas à la cuisine, la maison bien douillette et bien éclairée.

Il se détourna et se fraya un chemin parmi les badauds pour regagner la rue. Derrière lui, la carcasse calcinée de l'arbre s'élevait dans le soir, fumante et noircie. On piétinait quelques restes rougeoyants à la base du tronc. La *bestiole* avait disparu. Tout était fini, il n'y avait plus rien à voir.

Jimmy courut jusque chez lui comme s'il avait eu la *bestiole* à ses trousses.

« Qu'est-ce que vous dites de ça ? » lança Ted Barnes. Il était assis un peu en retrait de la table, les jambes croisées. La cafétéria était pleine de bruits et d'odeurs de nourriture. Les clients poussaient leurs plateaux sur les glissières devant eux en prenant des assiettes sur les présentoirs.

« Ton gamin a vraiment fait ça ? fit Bob Walters, qui s'était installé en face de lui, sans dissimuler sa curiosité.

— Tu ne nous mènes pas en bateau au moins ? demanda Frank Hendricks en abaissant un instant son journal.

— C'est la stricte vérité. La bestiole qu'on a eue chez les Pomeroy. Et ça n'a pas été facile !

— C'est vrai, admit Jack Green. Le journal dit qu'un gamin l'a aperçue et a prévenu la police.

— C'était le mien, dit Ted en bombant le torse. Qu'est-ce que vous en pensez, les gars ?

— Il a eu peur ? voulut savoir Bob Walters.

— Bien sûr que non ! répliqua Ted d'une voix énergique.

— Je parie que si. » Frank Hendricks était du Missouri.

« Je te dis que non. Il est allé chercher les flics et les a conduits sur place — pas plus tard qu'hier soir. On était à table pour le dîner, on se demandait où il était passé. Je commençais à me faire du souci. » Ted Barnes n'était pas peu fier de son fils.

Jack Green se leva en consultant sa montre. « C'est l'heure de retourner au bureau. »

Frank et Bob se levèrent à leur tour. « À plus tard, Ted. »

Green assena une bourrade dans le dos de Ted. « Un sacré fiston que tu as là, Barnes — bien le fils de son père ! »

Ted sourit. « Il n'a pas eu peur une seconde. » Il les regarda sortir dans la rue animée par la circulation du milieu de journée. Au bout d'un moment, il avala le reste de son café, s'essuya le menton et se leva lentement. « Il n'a pas eu peur du tout — non, pas *une* seconde. »

Il régla la note, se fraya un chemin vers la sortie, la poitrine toujours gonflée d'orgueil. Il rentra au bureau en souriant aux passants, tout illuminé par la prouesse de son fils, dont la gloire rejaillissait sur lui.

« Pas *une* seconde », murmura-t-il encore, empli d'une fierté rayonnante. « Pas une *seule* seconde ! »

Dans le jardin

« Elle est là-dehors, dit Robert Nye. En fait, elle y passe tout son temps. Même quand il fait mauvais. Même sous la pluie.

— Je vois », répondit son ami Lindquist en hochant la tête.

Ils sortirent sur la véranda par la porte de derrière. L'air était pur et doux. Ils s'arrêtèrent pour inspirer à pleins poumons. Lindquist regarda autour de lui. « Très joli jardin. Car c'est un jardin, en fait, n'est-ce pas ? » Il secoua la tête. « Je la comprends, maintenant. Regarde-moi ça !

— Viens, fit Nye en descendant les marches qui conduisaient à l'allée. Elle doit être assise derrière l'arbre. Il y a un vieux banc en forme de cercle comme on en voyait dans le temps. Elle est sans doute en compagnie de Sir Francis.

— Sir Francis ? Qui est-ce ? » Lindquist se hâta de le suivre.

« Son canard apprivoisé. Un gros canard blanc. » Ils s'engagèrent dans l'allée et passèrent devant les lilas dont les grappes foisonnaient au sommet de troncs élancés. Des parterres de tulipes en pleine floraison s'étalaient de part et d'autre. Des roses trémières fleurissaient tout un côté de la petite serre. Lindquist, ravi, ne savait plus où porter son regard. Rosiers, lilas, massifs et fleurs à n'en plus finir... Un mur couvert de glycine, un saule imposant...

Et, assise au pied du saule, les yeux baissés sur un canard blanc couché dans l'herbe à ses pieds, Peggy.

Lindquist se figea sur place, fasciné par la beauté de Mrs. Nye. Peggy était petite, avec une chevelure brune et floue et de grands yeux chaleureux teintés d'une tristesse discrète et indulgente. Elle portait un petit tailleur bleu boutonné jusqu'au col, des sandales aux pieds et des fleurs dans les cheveux. Des roses.

« Ma chérie, lui dit Nye, regarde qui est là ! Tu te souviens de Tom Lindquist, j'espère ? »

Peggy releva vivement les yeux. « Tommy Lindquist ! s'exclama-t-elle. Comment allez-vous ? Quel plaisir de vous revoir !

— Merci. » Lindquist se trémoussa de plaisir. « Comment allez-vous, Peg ? Je vois que vous avez un ami.

— Un ami ?

— Oui, Sir Francis. C'est bien comme ça qu'il s'appelle, non ? »

Peggy rit. « Ah, lui ! » Elle se pencha pour lisser les plumes du canard, qui continua à chercher des araignées dans l'herbe. « Oui, c'est un très bon ami.

Mais vous ne voulez pas vous asseoir ? Combien de temps restez-vous ?

— Pas très longtemps, répondit son époux. Il est en route pour New York où l'appellent ses affaires.

— C'est exact, dit Lindquist. Dites-moi, vous avez vraiment un jardin magnifique, Peggy. Je me rappelle, vous vousliez un beau jardin, avec beaucoup de fleurs et d'oiseaux.

— C'est vrai qu'il est superbe, dit Peggy. Nous sommes tout le temps dehors.

— Nous ?

— Sir Francis et moi.

— Ils passent beaucoup de temps ensemble, précisa Robert Nye. Une cigarette ? » Il tendit son paquet à Lindquist. « Non ? » Il s'en alluma une. « Moi je n'aime pas particulièrement les canards, mais de toute façon, je ne me suis jamais beaucoup intéressé aux fleurs, ni à la nature.

— Robert reste dedans à rédiger ses articles, commenta Peggy. Asseyez-vous donc, Tommy. Là, près de nous.

— Non, merci, dit Lindquist. Je suis très bien où je suis. »

Il se tut et se mit à observer Peggy mais aussi toutes les fleurs, le gazon, le canard impassible. Une brise légère jouait dans les iris, derrière l'arbre, des iris violets et blancs. Tous trois se taisaient. Le jardin était calme et frais. Lindquist soupira.

« Qu'y a-t-il ? demanda Peggy.

— Vous savez, tout cela me rappelle un poème. » Il se frotta le front. « De Yeats, je crois bien.

— Oui, tel est ce jardin. Il ressemble à la poésie. » Lindquist se concentra. « Ça y est, je sais ! fit-il en riant. C'est en vous voyant, vous et Sir Francis, bien sûr : "Léda et le cygne" ! »

Peggy fronça les sourcils. « Suis-je...

— Le cygne est en fait Zeus, reprit Lindquist. Zeus qui a pris l'apparence d'un cygne pour approcher Léda au bain. Il... euh... il lui fait la cour sous cette forme, et Hélène de Troie a vu le jour à la suite de cela, voyez-vous. La fille de Zeus et de Léda. Voyons, que dit le poème... "Un choc soudain : les vastes ailes fouettent l'air au-dessus de la dame affolée..." »

Il s'interrompit. Peggy le regardait fixement, écarlate. Soudain, elle sauta sur ses pieds et écarta le canard. Elle tremblait de colère.

« Qu'y a-t-il ? demanda Robert. Qu'est-ce qui ne va pas ?

— Comment osez-vous ? » dit-elle à Lindquist. Sur ce, elle tourna les talons et s'éloigna en toute hâte.

Robert la rattrapa en courant et la prit par le bras. « Allons, qu'est-ce qui ne va pas ? Ce n'est qu'un poème après tout ! »

Elle se libéra. « Lâche-moi. »

Il ne l'avait jamais vue dans une colère pareille. Son visage avait pris une teinte ivoire, et on aurait dit que ses yeux s'étaient changés en pierres. « Mais enfin, Peg... »

Elle releva les yeux vers lui. « Robert, il a raison ; je vais avoir un enfant.

— Comment ? »

Elle hocha la tête. « Je voulais te l'annoncer ce soir. Il est au courant, *lui.* » Une grimace. « Il *sait.* C'est pour cela qu'il a récité ce vers. Qu'il s'en aille, Robert ! Qu'il parte, je t'en prie ! »

Nye hocha la tête comme un automate. « Entendu, Peg. D'accord. Mais... c'est vrai ? Vrai de vrai ? Tu vas avoir un bébé ? » Il la prit dans ses bras. « Mais c'est merveilleux ! Ma chérie, c'est formidable ! C'est le plus beau jour de ma vie. Ça alors ! Dieu du ciel, c'est la plus belle chose qu'on m'ait jamais dite. »

Il la raccompagna vers le banc sans desserrer son étreinte. Soudain, il heurta du pied quelque chose de mou qui fit un bond et poussa un sifflement de colère. Sir Francis s'éloigna en se dandinant, battant des ailes et claquant du bec tant était grande sa fureur.

« Tom ! s'écria Robert. Écoute un peu ça. Il y a du nouveau. Je peux le lui dire, Peg ? Tu n'y vois pas d'inconvénient ? »

Sir Francis souffla rageusement sur son passage, mais dans l'excitation générale, personne ne lui prêta la moindre attention.

Ce fut un garçon et ils le baptisèrent Stephen. En rentrant de l'hôpital, Robert Nye conduisit lentement, perdu dans ses pensées. Maintenant qu'il avait un fils, il repensait à cette fameuse journée dans le jardin, l'après-midi où Tom Lindquist s'était arrêté chez eux. En citant un vers de Yeats qui avait mis Peggy hors d'elle Par la suite, une sorte d'hostilité froide s'était installée entre Sir

Francis et lui. Il ne l'avait plus jamais regardé du même œil.

Robert gara sa voiture devant chez lui et gravit les marches en pierre. En fait, Sir Francis et lui ne s'étaient jamais entendus, et cela dès le jour où ils l'avaient ramené de la campagne. Une idée de Peg, dès le début. C'était elle qui avait vu ce panneau, près d'une ferme...

Il s'arrêta sur les marches de la véranda. Quelle colère elle avait témoignée à ce pauvre Lindquist ! Bien sûr, ce dernier avait quelque peu manqué de tact en citant ce vers, mais tout de même... Il réfléchit, les sourcils froncés. Tout cela était vraiment ridicule. Peg et lui étaient mariés depuis trois ans. Nul doute qu'elle l'aimait, qu'elle lui était fidèle. À dire vrai, ils n'avaient pas grand-chose en commun. Peg aimait rester dans le jardin à lire, méditer ou nourrir les oiseaux. Ou à jouer avec Sir Francis.

Robert longea le côté de la maison et traversa la cour pour entrer dans le jardin. Bien sûr qu'elle l'aimait ! Et qu'elle était loyale envers lui. Il était absurde de croire un instant qu'elle pût seulement envisager de... Que Sir Francis pût être autre chose que...

Il s'immobilisa. Sir Francis était à l'autre bout du jardin, en train de déterrer un ver. Sous ses yeux, le volatile tout blanc avala sa prise et continua à chercher dans l'herbe insectes et autres araignées. Soudain, le canard se figea dans une pose alarmée.

Robert traversa le jardin. Quand Peggy reviendrait de l'hôpital, elle serait occupée avec le petit

Stephen. Pas de doute, c'était le moment idéal. Elle ne saurait plus où donner de la tête. Sir Francis serait vite oublié. Avec le bébé et tout le reste...

« Viens un peu par ici », dit Robert. Il attrapa le canard au vol. « C'était ton dernier ver dans ce jardin. »

Sir Francis cancana furieusement, et se débattit en multipliant les coups de bec affolés. Robert l'emporta dans la maison, prit une valise dans le placard et y enferma le canard. Il rabattit le fermoir et s'essuya le visage. Et maintenant ? La ferme ? Elle n'était guère qu'à une demi-heure de route dans la campagne. Mais réussirait-il à la retrouver ?

Il pouvait toujours essayer. Il porta la valise dans la voiture et la laissa tomber sur le siège arrière. Durant tout le trajet, Sir Francis cancana bruyamment, d'abord de rage puis, tandis qu'ils roulaient sur la nationale, avec une détresse, un désespoir grandissants.

Robert, lui, se taisait.

Peggy fit peu de commentaires sur la disparition de Sir Francis une fois qu'elle eut compris qu'il ne reviendrait pas. Elle parut accepter son absence, mais garda tout de même un silence inaccoutumé pendant une semaine. Puis elle retrouva peu à peu son entrain et passa son temps à rire et jouer avec le petit Stephen, à le tenir sur ses genoux au soleil et à passer ses doigts dans ses cheveux si fins.

« On jurerait du *duvet* », dit-elle un jour. Robert acquiesça, quelque peu ébranlé. Pour lui, cela ressemblait plutôt aux soies du maïs, mais il ne dit rien.

Stephen grandit, devint un petit garçon heureux et éclatant de santé entre les bras tendres et aimants qui le tenaient des heures durant sous le saule, dans la quiétude ensoleillée du jardin. Au bout de quelques années, c'était un gentil bambin aux grands yeux noirs qui jouait souvent tout seul, à l'écart des autres enfants, soit dans le jardin, soit dans sa chambre à l'étage.

Stephen adorait les fleurs. Quand le jardinier plantait, il l'accompagnait et regardait avec un grand sérieux les poignées de graines pénétrer dans la terre ou les pauvres petites pousses drapées dans leur mousse qu'il enfouissait tout doucement dans le terreau bien tiède.

Il ne parlait guère. Parfois, Robert interrompait son travail et, les mains dans les poches, fumant une cigarette, il observait depuis la fenêtre du salon l'enfant silencieux qui jouait tout seul sur l'herbe, parmi les buissons. À cinq ans, Stephen commençait à suivre les histoires contenues dans les grands livres plats que Peggy lui ramenait. Tous deux s'asseyaient dans le jardin pour regarder les images et déchiffrer les histoires mot à mot.

Robert les regardait de la fenêtre, taciturne et maussade. Il se sentait délaissé, abandonné. Comme il détestait être ainsi exclu ! Il avait si longtemps voulu un fils...

Soudain, un doute l'assaillit. Encore une fois il se remémora Sir Francis et les paroles de Tom.

Irrité, il écarta ces pensées. Mais le petit était si peu proche de lui ! Comment s'en rapprocher ?

Robert réfléchit.

Par une belle matinée d'automne, Robert sortit sur la véranda de derrière et, respirant l'air pur, regarda autour de lui. Peggy était allée chez le coiffeur et au supermarché. Elle ne rentrerait pas de sitôt. Tout seul devant le petit pupitre qu'ils lui avaient acheté pour son anniversaire, Stephen faisait du coloriage. Absorbé par son travail, il montrait un petit visage tout plissé par la concentration. Robert se dirigea lentement vers lui en foulant l'herbe humide.

Stephen leva la tête et reposa ses crayons. Il eut un sourire timide mais affectueux en voyant son père venir vers lui. Robert s'arrêta devant la table et lui rendit son sourire, peu sûr de lui et légèrement mal à l'aise.

« Qu'est-ce qu'il y a ? demanda Stephen.

— Ça ne t'embête pas que je te tienne compagnie ?

— Non. »

Robert se frotta la mâchoire. « Dis-moi, qu'est-ce que tu fais ? demanda-t-il enfin.

— Comment ça ?

— Avec ces crayons.

— Je dessine. » Stephen lui tendit son dessin, qui représentait une grande forme jaune rappelant un citron. Stephen et lui le contemplèrent ensemble.

« Qu'est-ce que c'est ? demanda le père. Une nature morte ?

— C'est le soleil. » Stephen reposa la feuille et reprit son travail sous le regard de Robert. Quelle habileté il démontrait ! Voilà qu'il dessinait quelque chose de vert, maintenant. Des arbres, sans doute. Peut-être serait-il un jour un grand peintre. Un Grant Wood. Un Norman Rockwell. Une bouffée de fierté l'envahit.

« Très joli, fit-il.

— Merci.

— Est-ce que tu veux être peintre quand tu seras grand ? Je dessinais un peu, moi aussi, autrefois. J'ai fait quelques bandes dessinées humoristiques pour le journal du lycée. Et j'ai créé l'emblème de la fraternité d'étudiants à laquelle j'appartenais. »

Un silence. Stephen tenait-il son don de lui ? Il détailla les traits du petit. Il ne lui ressemblait pas du tout. Le doute s'infiltra de nouveau dans son esprit. Se pouvait-il vraiment que... Mais non, Peg n'aurait jamais...

« Robert ? fit soudain le garçonnet.

— Oui ?

— Qui était Sir Francis ? »

Robert accusa le coup. « Quoi ? Qu'est-ce que tu veux dire ? Pourquoi veux-tu savoir ça ?

— Je me demandais, c'est tout.

— Qu'est-ce que tu sais sur lui ? Où as-tu entendu ce nom ? »

Stephen continua de dessiner quelques instants. « Je ne sais pas. Je crois que c'est maman qui m'en a parlé. Qui est-ce ?

— Il est mort. Mort depuis longtemps. Alors comme ça, ta mère t'en a parlé ?

— Ou peut-être toi. Quelqu'un a prononcé son nom, en tout cas.

— Sûrement pas moi.

— Alors, dit pensivement Stephen, peut-être que j'en ai rêvé. Je crois qu'il est venu vers moi en rêve et qu'il m'a parlé. Oui, c'est ça. Je l'ai vu en rêve.

— À quoi ressemblait-il ? » questionna Robert. Contrarié, il se passa nerveusement la langue sur ses lèvres.

« À ça. » Stephen lui tendit son dessin du soleil.

« Qu'est-ce que tu veux dire ? Il était jaune ?

— Non, blanc. Comme le soleil à midi. Une forme blanche dans le ciel, terriblement grosse.

— Dans le ciel ?

— Il volait dans le ciel. Comme le soleil à midi. Tout flamboyant. Dans le rêve, je veux dire. »

Les traits de Robert se contractèrent sous le coup du chagrin et du doute. Avait-elle parlé de lui au petit ? Lui en avait-elle donné une image idéalisée ? Le Dieu Canard. Le Grand Canard dans le Ciel qui s'abattait, resplendissant. C'était donc vrai. Peut-être n'était-il pas le vrai père de Stephen. Peut-être... C'était intolérable.

« Bon, je ne vais pas t'ennuyer plus longtemps », dit Robert. Il fit demi-tour et repartit vers la maison.

« Robert ? dit Stephen.

— Oui ? » Il se retourna vivement.

« Qu'est-ce que tu vas faire ? »

Il hésita. « Que veux-tu dire, Stephen ? »

Le garçon leva les yeux de son dessin. Son petit visage était calme et dénué d'expression. « Tu vas dans la maison ?

— Oui. Pourquoi ?

— Robert, dans quelques minutes, je vais faire quelque chose de secret. Personne n'est au courant. Même pas maman. » Stephen hésita, scrutant d'un air rusé le visage de Robert. « Tu... tu veux le faire avec moi ?

— De quoi s'agit-il ?

— Je vais donner une fête ici, dans le jardin. Une fête secrète. Pour moi tout seul.

— Et tu veux que je vienne ? »

Le garçonnet hocha la tête.

Une joie sauvage envahit Robert. « Tu veux que je vienne à ta fête ? Ta fête secrète ? Je ne le dirai à personne. Même pas à ta mère. Bien sûr que je viendrai. » Il se frotta les mains, souriant tant il était soulagé. « Je serais ravi de venir. Tu veux que j'apporte quelque chose ? Des biscuits ? Du gâteau ? Du lait ?

— Non. » Stephen secoua la tête. « Va te laver les mains, je vais tout préparer. » Il se leva et rangea les crayons dans leur boîte. « Mais tu ne dis rien à personne.

— Promis. Je vais me laver les mains. Merci, Stephen. Merci beaucoup. Je reviens tout de suite. »

Il rentra précipitamment, le cœur battant de joie. Peut-être l'enfant était-il de lui, après tout ! Une fête, une fête secrète, privée... Dont même Peg ne savait rien. Pas de doute, c'était bien son fils. À partir de maintenant, il passerait du temps avec Stephen chaque fois que Peg serait de sortie. Il lui raconterait des histoires. Lui parlerait de l'époque où il était en Afrique du Nord pendant la guerre. Ça l'intéresserait. Et du jour où il avait vu le maréchal Montgomery de ses yeux. Du pistolet allemand qu'il avait récupéré. Et de ses photos.

Robert entra dans la maison. Peg ne le laissait jamais, jamais raconter des histoires au gosse. Mais bon sang, il n'allait plus s'en priver ! Il se lava les mains dans l'évier et sourit. C'était bien son fils.

Un bruit soudain. Peg fit son entrée dans la cuisine, les bras chargés de provisions qu'elle posa sur la table avec un soupir. « Bonjour, Robert, dit-elle. Qu'est-ce que tu fais ? »

Son cœur se serra. « Déjà rentrée ? murmura-t-il. Je croyais que tu devais te faire coiffer. »

Peggy sourit. C'était une jolie femme, tout petite avec sa robe verte, son chapeau et ses chaussures à talons hauts. « J'y retourne. Je voulais juste ramener les commissions d'abord.

— Alors tu repars ? »

Elle hocha la tête. « Pourquoi ? Tu as l'air tout excité. Il se passe quelque chose ? Qu'est-ce que c'est ?

— Mais rien. » Il s'essuya les mains. « Rien du tout. » Il sourit d'un air niais.

« À plus tard, alors », dit Peggy. Elle regagna le salon. « Amuse-toi bien en mon absence. Ne laisse pas Stephen jouer trop longtemps dans le jardin.

— Non, non, ne t'en fais pas. » Robert guetta le bruit de la porte d'entrée qui se refermait, puis regagna bien vite la véranda, dévala les marches du jardin et traversa en courant les parterres de fleurs.

Stephen avait débarrassé la petite table basse. Crayons et papier avaient disparu ; à leur place, deux bols posés chacun sur une assiette. Une chaise l'attendait. Stephen le regarda traverser la pelouse et s'approcher de la table.

« Qu'est-ce qui t'a pris si longtemps ? dit-il avec impatience. J'ai déjà commencé. » Il continua de manger avec avidité, les yeux brillants. « Je n'ai pas pu attendre.

— Ce n'est rien. Tu as bien fait de t'attabler sans moi. » Il s'assit avec entrain sur la petite chaise. « C'est bon ? Qu'est-ce que c'est ? Quelque chose de spécial ? »

Stephen hocha la tête, la bouche pleine, et continua à piocher dans son bol à pleines mains. Robert baissa les yeux sur sa propre assiette en souriant.

Alors son sourire s'éteignit. Son cœur s'emplit de détresse écœurée. Il ouvrit la bouche, mais aucun mot n'en sortit. Il repoussa sa chaise et se leva.

« Je crois que je n'en veux pas, finalement, murmura-t-il en se détournant. Je crois que je vais rentrer.

— Mais pourquoi ? dit Stephen en s'interrompant un instant, tout surpris.

— Je... je n'ai jamais beaucoup aimé les vers et les araignées », répondit Robert qui repartit à pas lents et rentra dans la maison.

À vue d'œil

C'est par le plus grand des hasards que j'ai découvert l'existence d'une incroyable invasion de la Terre par des êtres originaires d'une autre planète. Jusqu'à présent, je n'ai rien fait pour l'arrêter ; et je ne vois pas très bien ce que je pourrais tenter. J'ai bien écrit au gouvernement, mais je n'ai reçu en retour qu'une brochure sur l'entretien des maisons à charpente en bois. Quoi qu'il en soit, l'affaire est connue ; je ne suis pas le premier à m'en apercevoir. Peut-être même maîtrise-t-on la situation.

J'étais assis dans mon fauteuil, à feuilleter négligemment un livre de poche trouvé dans l'autobus, quand je suis tombé sur une allusion qui m'a mis sur la piste. Dans un premier temps, je n'ai pas réagi. Il m'a fallu un bon moment pour saisir tout le sens de ce que je venais de lire. Mais après cela, je me suis étonné de ne pas avoir compris tout de suite.

Il s'agissait clairement d'une référence à une espèce non humaine aux invraisemblables facultés, sans rien de commun avec les autochtones de ce monde. Une espèce dont les membres, je me hâte de le préciser, sont habitués à se déguiser en êtres humains ordinaires. Mais ce masque tombait dès lors qu'on prenait en compte les observations de l'auteur du livre. D'emblée, il était évident qu'il savait tout. Oui, il était au courant — et il acceptait la chose sans sourciller. La phrase qui avait éveillé mes soupçons (j'en tremble encore en y repensant) comportait le passage que voici :

... *ses yeux errèrent lentement dans la pièce.*

De vagues frissons m'assaillirent. Je tentai de me représenter les yeux en question. Est-ce qu'ils roulaient comme des pièces de monnaie ? Le texte ne l'indiquait pas ; il semblait plutôt suggérer qu'ils se déplaçaient dans les airs, et non sur le sol. Et sans traîner, manifestement. Or, aucun des personnages de l'histoire n'éprouvait la moindre surprise. Ce fut ce qui éveilla mes soupçons. Nul ne manifestait d'étonnement devant un phénomène aussi monstrueux. Un peu plus loin, cela continuait en s'amplifiant :

... *ses yeux se posèrent alternativement sur les personnes présentes.*

Bref, il était flagrant que les yeux de cet individu s'étaient séparés du reste de son corps et menaient une activité indépendante. J'avais le cœur battant, mon souffle restait bloqué dans ma gorge. Je venais de repérer accidentellement une référence à une espèce entièrement différente de la nôtre, et qui, à l'évidence, n'était pas terrestre. Pourtant, du point de vue des personnages du livre, elle était tout à fait normale — ce qui laissait entendre qu'ils appartenaient à la même.

Et l'auteur ? Mon doute se fit plus insistant. Cet homme-là acceptait un peu *trop facilement* la situation. De toute évidence, elle n'avait pour lui rien d'extraordinaire. Il ne faisait aucune tentative pour dissimuler le fait qu'il était au courant. Quant à l'histoire, elle se poursuivait ainsi :

... enfin ses yeux se fixèrent sur Julia.

Étant une dame, Julia était suffisamment bien élevée pour s'en indigner. On disait qu'elle rougissait et fronçait les sourcils avec colère. Cette description me fit soupirer de soulagement. Ce n'étaient donc pas *tous* des extraterrestres. Mais le récit continuait :

... lentement, calmement, ses yeux la détaillèrent de la tête aux pieds.

Juste ciel ! Heureusement, à cet instant-là la fille tournait les talons et sortait en coup de vent. Fin de l'incident. Je me suis laissé aller contre mon dossier en m'étranglant d'horreur. Ma femme et mes enfants m'ont regardé avec surprise.

« Quelque chose ne va pas, mon chéri ? » me demanda mon épouse.

Mais je ne pouvais lui dire la vérité. Une révélation pareille, c'était trop lourd pour une personne ordinaire. Il fallait que je garde cela pour moi. « Non, ce n'est rien », ai-je articulé avec peine avant de me lever d'un bond et de quitter la pièce en toute hâte en emportant le livre.

Je me suis réfugié dans le garage pour reprendre ma lecture. Ça ne s'arrêtait pas là. Tout frémissant, j'ai lu le passage révélateur que voici :

... il passa un bras autour des épaules de Julia. Elle lui demanda bien vite de l'enlever. Ce qu'il fit aussitôt, avec un sourire.

L'auteur ne précisait pas ce que le type faisait de son bras après se l'être enlevé. Peut-être le laissait-il posé verticalement dans un coin. Ou bien le jetait-il à la poubelle. Peu importait. Ce qui comptait, c'était la signification réelle de l'acte évoqué.

On avait donc affaire ici à une catégorie d'êtres capables de retirer à volonté diverses portions de leur anatomie. Les yeux, les bras — peut-être bien d'autres choses encore. Et le tout sans broncher. J'ai fait appel à mes notions de biologie, qui m'ont alors rendu un fier service. Il s'agissait sans aucun doute de créatures rudimentaires, de type unicellulaire. Ou d'êtres primitifs pas plus développés qu'une étoile de mer. Et les étoiles de mer peuvent faire ce genre de chose, on le sait.

Je me suis remis à lire. Et j'en suis venu à une scène épouvantable, négligemment lâchée au beau milieu du livre par l'auteur, qui n'en paraissait pas le moins du monde affecté :

... devant le cinéma, nous nous sommes séparés. Une moitié d'entre nous a décidé d'entrer tandis que l'autre allait dîner dans une brasserie.

Mitose, donc. Division cellulaire donnant deux entités distinctes viables. C'étaient sans doute le tronc et les jambes qui étaient partis à la brasserie, puisque c'était plus loin, pendant que toutes les moitiés supérieures allaient au cinéma. J'ai poursuivi ma lecture, les mains agitées de tremblements. J'avais vraiment mis le doigt sur quelque chose. Ma raison s'est mise à chanceler ; j'ai déchiffré ces lignes :

... malheureusement, ça ne fait guère de doute : une fois de plus, le pauvre Bibney a perdu la tête.

Phrase suivie par ces mots :

... et Bob dit qu'il n'a absolument rien dans le ventre.

Pourtant, Bibney ne s'en sortait pas plus mal que les autres personnages, à commencer par l'un d'entre eux, qui subissait lui aussi un sort bien singulier puisqu'on disait de lui :

... il était sans cervelle.

Après le passage suivant, il ne pouvait plus subsister le moindre doute. Julia, que j'avais prise pour la seule et unique personne normale du lot, se révélait être elle aussi une forme de vie extraterrestre puisque :

... de son plein gré, Julia avait fait don de son cœur au jeune homme.

On ne disait pas ce qu'il en faisait, mais je m'en souciais peu. Il était évident que Julia suivait son mode de vie habituel, comme tous les autres personnages du livre. Sans cœur, ni bras, ni yeux, ni cerveau, ni rien dans le ventre, et se divisant quand les circonstances l'exigeaient. Comme si de rien n'était.

... sur quoi elle lui donna sa main.

J'en ai eu la nausée. Comme si le cœur ne suffisait pas, voilà que ce vaurien recevait sa main ! J'ai frissonné en songeant à ce qu'il avait bien pu en faire.

... il lui prit le bras.

Et voilà. Incapable d'attendre, il fallait qu'il se mette lui-même à la démembrer. Écarlate, j'ai refermé le livre d'un coup sec et bondi sur mes pieds. Mais pas assez vite pour éviter que mon regard se porte sur une dernière allusion à ces morceaux d'anatomies insouciants dont les déplacements avaient au départ éveillé ma vigilance :

... ses yeux restèrent fixés sur lui jusqu'à ce qu'il ait atteint le bout de la route, puis l'accompagnèrent quand il entreprit de traverser le pré.

Je suis sorti précipitamment du garage pour regagner la douce tiédeur de la maison, comme si j'étais moi-même poursuivi par ces diaboliques prunelles. Ma femme et mes enfants jouaient au Monopoly dans la cuisine. J'ai pris place parmi eux et, fébrile, claquant des dents, je me suis mis à jouer avec une ferveur effrénée.

J'en avais assez lu.

Je ne veux pas en savoir davantage. Qu'ils viennent. Qu'ils envahissent la Terre. Je ne tiens pas à me mêler de ça.

... C'est le genre de chose pour laquelle je manque d'estomac.

Le problème des bulles

Nathan Hull descendit de son véhicule de surface et traversa la chaussée en humant l'air frais du matin. Les camions robots d'entretien passaient déjà et le caniveau automatique aspirait goulûment les détritus nocturnes. Une manchette lumineuse retint fugitivement l'attention de Hull.

TUNNEL SOUS LE PACIFIQUE : LES TRAVAUX SONT ACHEVÉS. LA JONCTION AVEC LE CONTINENT ASIATIQUE EST RÉALISÉE

Il poursuivit son chemin et, les mains dans les poches, tourna à l'angle de la rue ; il cherchait la maison de Farley.

Il passa devant l'habituelle succursale Mondofab et son slogan peu discret : « Soyez le maître d'un monde ! » et longea une courte allée entre deux pelouses pour arriver devant une entrée surmontée d'un auvent. Il gravit trois marches en imitation marbre, puis agita la main devant la cellule d'identification et la porte s'effaça.

À l'intérieur, tout était calme. Hull trouva le tube ascensionnel menant au premier étage et jeta un coup d'œil vers le haut. Pas un bruit. Une bouffée d'air tiède l'effleura, chargée d'imperceptibles senteurs — odeurs de nourriture, de présences humaines, d'éléments familiers. Étaient-ils partis ? Non. Ce n'était que le troisième jour ; ils devaient se trouver quelque part par là, peut-être sur le toit en terrasse.

Il s'éleva silencieusement jusqu'au premier étage et le trouva tout aussi désert que le rez-de-chaussée. Mais des sons lointains lui parvenaient. Un rire cascadant, une voix d'homme puis de femme — celle de Julia, peut-être. Il l'espérait... Pourvu qu'elle soit encore consciente.

Il ouvrit une porte au hasard en s'armant de courage. Parfois, les Réunions-Concours dégénéraient un peu les troisième et quatrième jours. La porte s'effaça mais la pièce était vide. Des canapés, des verres vides, des cendriers, des tubes stimulants à sec, des vêtements épars...

Tout à coup, Julia Marlow et Max Farley firent leur apparition, bras dessus, bras dessous, suivis de plusieurs autres personnes ; tout un petit groupe d'individus, excités, les joues rouges et les yeux brillants, presque fébriles. Ils firent halte aussitôt entrés.

« Nat ! » Julia se détacha de Farley pour se précipiter vers lui, haletante. « Il est déjà si tard ?

— C'est le troisième jour, répondit Hull. Salut, Max.

— Salut, Hull. Asseyez-vous, mettez-vous à l'aise. Je peux vous offrir quelque chose ?

— Non merci, je ne peux pas m'attarder. Julia... »

Farley fit signe à un serbot d'approcher et saisit rapidement deux verres sur son plateau frontal. « Tenez, Hull. Vous avez bien le temps de boire un verre, tout de même. »

Bart Longstreet et une blonde élancée entrèrent à leur tour. « Hull ? Déjà ?

— C'est le troisième jour. Je viens chercher Julia. Si elle veut toujours s'en aller.

— Ne l'emmenez pas », protesta la blonde. Elle portait un *regard-de-côté*, c'est-à-dire une robe invisible lorsqu'on la regardait latéralement mais qui, de face, devenait une fontaine opaque. « Ils sont en train de délibérer. Dans le salon. Restez donc. On commence tout juste à s'amuser. » Elle lui lança un clin d'œil ; son regard était vitreux, ses paupières lourdes et bleutées, toutes bouffies de sommeil.

Hull se tourna vers Julia. « Si tu préfères rester... »

Elle lui posa la main sur le bras avec nervosité, se rapprocha encore et, sans se départir de son sourire figé, lui souffla à l'oreille d'un ton pressant : « Nat, pour l'amour du ciel sors-moi de là. Je n'en peux plus. Je t'en prie ! »

Hull vit bien son insistance, ses yeux brillants de désespoir, le sentiment d'urgence muette qui la faisait vibrer, ainsi que sa tension et sa lassitude. « Entendu, Julia. On y va. On prendra le petit déjeuner quelque part. Depuis quand n'as-tu pas mangé ?

— Avant-hier, je crois. Je ne sais plus. » Sa voix flancha. « Ils délibèrent en ce moment même. Bon sang, Nat, si tu avais vu...

— Vous ne pouvez pas partir avant le verdict, gronda Farley. Je pense qu'ils en auront bientôt fini. Vous n'avez pas concouru, Hull ? Vous n'aviez pas déposé d'artefact ?

— Non.

— Pourtant vous devez bien posséder un...

— Non. Désolé. » La voix de Hull se teinta d'ironie. « Je ne suis pas le maître d'un monde. Ça ne me dit rien.

— Vous ratez quelque chose. » Max, qui irradiait de béatitude, oscillait d'avant en arrière. « Quelle fête ! Le meilleur Concours depuis des semaines. Et ce n'est qu'*après* le verdict qu'on commence vraiment à s'amuser. Tout cela n'est qu'un préliminaire.

— Je sais. » Hull entraîna Julia vers le tube de descente. « Au revoir tout le monde. À la prochaine, Bart. Appelle-moi quand tu seras sorti d'ici.

— Attends ! murmura soudain Bart en penchant la tête sur le côté. Les délibérations sont terminées. On va proclamer le vainqueur. » Il fonça au salon, suivi par les autres, tout excités. « Vous venez, Hull ? Julia ? »

Hull jeta un coup d'œil à la jeune femme. « D'accord. » Ils suivirent à contrecoeur. « Une minute, alors. »

Un mur de bruit les arrêta dès l'entrée. Le grand salon grouillait d'hommes et de femmes qui allaient et venaient dans le plus grand désordre.

« J'ai gagné ! » Lora Becker hurlait de joie. On se pressait autour d'elle pour gagner la table du Concours et récupérer son artefact. Le brouhaha s'enflait sans cesse, menaçant et ponctué de sons discordants. Les serbots déplaçaient calmement le mobilier et les lampes afin de dégager la pièce au plus vite. Une hystérie croissante et incontrôlée s'emparait peu à peu de la salle.

« Je le savais ! » Les doigts de Julia resserrèrent leur prise sur le bras de Hull. « Viens. Partons avant qu'ils ne commencent.

— C'est-à-dire ?

— Écoute-les ! » Julia avait les paupières battantes de terreur. « Viens, Nat ! J'en ai assez. Je ne peux plus supporter cela.

— Je t'avais prévenue.

— C'est vrai. » Julia eut un sourire bref en prenant le manteau que lui tendait un serbot. Elle le jeta sur ses épaules. « Je l'admets. Tu m'avais prévenue. Maintenant allons-y, pour l'amour du ciel. » Elle se détourna et se fraya un chemin vers le tube de descente à travers la foule déferlante. « Allons-nous-en. Prendre le petit déjeuner. Tu avais raison. Ces choses-là ne sont pas pour nous. »

Lora Becker, une femme rondelette d'âge mûr, montait péniblement sur l'estrade à côté des juges, son artefact serré dans ses bras. Hull s'attarda quelques instants pour observer cette créature plantureuse, dont les traits chimiquement rectifiés paraissaient grisâtres et affaissés sous l'impitoyable clarté des plafonniers. Le troisième jour... parmi les moins jeunes, nombreux étaient ceux qui commençaient à accuser le coup malgré les masques artificiels.

Lora prit pied sur l'estrade. « Regardez ! » s'écria-t-elle en brandissant son artefact. La bulle-monde de Mondofab scintillait dans la lumière. Malgré lui, Hull dut admirer l'objet. Si le monde qu'il contenait était à la hauteur de l'aspect extérieur...

Lora alluma la bulle, qui se mit à luire et prit bientôt un éclat vif. L'assistance se tut pour observer l'objet victorieux, le monde qui l'avait emporté sur tous les autres concurrents.

L'artefact soumis par Lora était un chef-d'œuvre, même Hull devait le reconnaître. Elle augmenta le grossissement, et fit le point sur la microscopique planète centrale. Un murmure d'admiration balaya la pièce.

Lora augmenta encore le grossissement. La planète centrale s'enfla, révélant un océan vert pâle dont les vagues léchaient paresseusement une grève sans dunes. Une ville apparut ensuite, avec des tours et de larges avenues, de fins rubans d'acier et d'or. Dans le ciel, deux soleils jumeaux dardaient sur elle leurs rayons ardents. Des myriades d'habitants vaquaient à leurs activités.

« Magnifique, fit tout bas Bart Longstreet en rejoignant Hull. Mais la vieille y travaille depuis soixante ans. Pas étonnant qu'elle ait gagné. Elle a été de tous les Concours, aussi loin que je me souvienne.

— C'est joli, admit Julia d'un ton sec.

— Ça ne vous plaît pas ? demanda Longstreet.

— Rien de tout cela ne me plaît !

— Elle veut s'en aller, expliqua Hull en se dirigeant vers le tube de descente. À bientôt, Bart. »

Celui-ci hocha la tête. « Je comprends vos sentiments et d'un côté, je les partage. Me permettez-vous de...

— Regardez ! » hurla Lora Becker, cramoisie. Elle poussa le grossissement au maximum afin d'exhiber tous les détails de la ville miniature. « Vous les voyez ? Vous les voyez ? »

Les habitants apparurent très nettement. On les voyait s'activer par milliers. En voiture, à pied, sur des passerelles arachnéennes d'une beauté stupéfiante jetées entre les immeubles.

Haletante, Lora brandit bien haut sa bulle-monde. Elle parcourut la pièce du regard ; ses yeux brillaient d'un éclat malsain. La rumeur grossit, enflée par l'excitation générale. Quantité de bulles s'élevèrent à hauteur de poitrine, tenues par des mains avides et enfiévrées.

Lora ouvrit la bouche. Des filets de salive coulaient dans les plis de sa peau flasque. Ses lèvres se tordirent. Elle brandit la bulle au-dessus de sa tête ; son opulente poitrine se gonflait convulsivement. Soudain, son visage se crispa, ses traits se déformèrent sauvagement. Son corps massif oscilla, grotesque ; la bulle-monde lui échappa et alla s'écraser à ses pieds sur l'estrade. Elle éclata en mille morceaux. Métal, verre, plastique, rouages, poutrelles, canalisations, toute l'infrastructure indispensable s'éparpilla dans toutes les directions.

Un véritable chahut éclata. Dans tous les coins des propriétaires de bulles fracassaient leur monde, les écrasaient et en piétinaient les mécanismes délicats. Libérés par le signal de Lora Becker, hommes et femmes unis dans un même abandon frénétique se laissaient aller à une orgie dionysiaque, réduisant en morceaux, l'un après l'autre, les mondes édifiés avec tant de soin.

« Seigneur ! », souffla Julia en luttant pour s'enfuir, Longstreet et Hull sur ses talons.

Les visages luisaient de sueur, les yeux brillaient, fiévreux. Les bouches béaient stupidement et marmonnaient des mots sans suite. On arrachait ses vêtements. Une jeune femme tomba et fut piétinée ; ses cris aigus se perdirent dans le vacarme. Entraînée dans les remous de la foule, une autre subit le même sort. Hommes et femmes se débattaient, formant une masse confuse traversée de cris et de hoquets. Et de tous côtés on entendait le bruit atroce du métal et du verre brisé, le fracas incessant de mondes détruits sans relâche.

Blême, Julia tira Hull hors du salon et frissonna, les yeux fermés. « Je le sentais venir. Trois jours pour en arriver là. Ils les pulvérisent tous ! »

Bart Longstreet émergea derrière Hull et Julia. « Fous à lier. » Il alluma une cigarette d'une main tremblante. « Qu'est-ce qui peut bien leur passer par la tête ? C'est déjà arrivé. Ils se mettent à casser leurs mondes. C'est insensé ! »

Hull atteignit le tube de descente. « Viens avec nous, Bart. On prendra le petit déjeuner et je te soumettrai ma théorie, pour ce qu'elle vaut.

— Juste une seconde. » Bart prit sa bulle-monde dans les bras d'un serbot. « Mon artefact. Je ne veux pas le perdre. »

Puis, en toute hâte, il emboîta le pas aux deux autres.

« Encore un peu de café ? proposa Hull à la ronde.

— Non merci », murmura Julia. Elle se laissa aller contre le dossier de sa chaise et soupira. « Ça va beaucoup mieux.

— J'en prendrai une goutte. » Bart poussa sa tasse vers le distributeur de café, qui la remplit et la lui rendit. « C'est une jolie petite maison que tu as là, Hull.

— Tu ne l'avais jamais vue ?

— Je ne monte jamais par ici. Je n'étais pas venu au Canada depuis des années.

— Voyons ta théorie, murmura Julia.

— Vas-y, appuya Bart. Nous t'écoutons. »

Hull demeura quelques instants silencieux. Par-dessus la table mise, il leva un regard soucieux vers l'objet posé sur l'appui de la fenêtre : l'artefact soumis par Bart au Concours, sa bulle Mondofab.

« "Soyez le maître d'un monde !" récita-t-il avec ironie. Quel slogan !

— C'est Packman en personne qui l'a trouvé, dit Bart. Dans sa jeunesse, voilà près d'un siècle.

— Si longtemps que ça ?

— Il suit des traitements spéciaux. Dans sa position, il peut se le permettre.

— Bien sûr. » Hull se leva sans hâte et alla chercher la bulle. « Tu permets ? demanda-t-il à Bart.

— Je t'en prie. »

Hull régla les commandes disposées à la surface de la bulle. L'image apparut et se précisa rapidement. Une planète miniature qui tournait lentement autour d'un minuscule soleil blanc-bleu. Il augmenta le grossissement, donc la taille de la planète.

« Pas mal, reconnut-il.

— Primitive. Fin du jurassique. Je n'ai pas le coup de main. Je n'arrive pas à les pousser au stade des mammifères. C'est mon seizième essai. Je ne réussis jamais à aller plus loin. »

La scène représentait une jungle dense, embuée par les végétaux en putréfaction. Des formes gigantesques s'agitaient furtivement dans les marécages et entre les fougères pourrissantes. On voyait çà et là des reptiles lovés, luisants, mais aussi des silhouettes fumantes surgissant de la boue épaisse...

« Éteins-la, murmura Julia. J'en ai assez vu. On en a visionné des centaines pour le Concours.

— Je n'avais pas la moindre chance. » Bart reprit sa bulle et l'éteignit d'un coup. « Il faut faire mieux que le jurassique pour espérer gagner. La compétition est acharnée. La moitié des participants avait poussé sa bulle jusqu'à l'éocène — et dix au moins jusqu'au pliocène. Lora n'a pas gagné haut la main.

J'ai compté plusieurs civilisations citadines. Mais la sienne était presque aussi avancée que la nôtre.

— Soixante ans..., dit Julia.

— Oui, elle s'y consacre depuis longtemps. Et elle a travaillé dur. Elle est de ceux pour qui il ne s'agit pas d'un jeu mais d'une véritable passion. Un mode de vie.

— Et là-dessus, dit Hull d'un ton pensif, elle réduit en poussière un monde sur lequel elle a travaillé des années. Un monde qu'elle a guidé à travers les ères, toujours plus près du sommet de l'échelle de l'évolution. Elle le brise en mille morceaux.

— Pourquoi, Nat ? demanda Julia. Pourquoi font-ils cela ? Après être allés si loin dans leur œuvre, les voilà qui réduisent tous leurs efforts à néant. »

Hull se carra dans son fauteuil. « Tout a commencé quand nous avons constaté que la vie restait introuvable sur les autres planètes. Quand nos équipes d'exploration sont rentrées les mains vides. Huit orbes morts, déserts, stériles. Même pas de lichens. Rien que de la roche et du sable. Des déserts sans fin. Tous, jusqu'à Pluton.

— Une prise de conscience difficile, dit Bart. Bien sûr, c'était il y a longtemps.

— Pas tant que ça puisque Packman s'en souvient. Cela fait juste un siècle. Nous avions attendu longtemps les fusées, les vols interplanétaires. Tout ça pour ne rien trouver...

— Comme si Christophe Colomb avait découvert que le monde était réellement plat, dit Julia. Avec un bord, et puis le vide.

— Pire, parce que Colomb cherchait un raccourci pour la Chine. À l'époque, on aurait *pu* continuer à emprunter la route la plus longue. Mais quand nous nous sommes lancés dans l'exploration du système solaire sans obtenir le résultat escompté, nous avons soulevé un problème. Les gens espéraient de nouveaux mondes, de nouvelles frontières à repousser. La colonisation de l'espace. Les contacts avec une multitude de races. Le commerce. Un échange de minéraux et de produits culturels. Mais surtout, l'émotion d'atterrir sur des planètes abritant des formes de vie stupéfiantes.

— Et au lieu de tout ça...

— Rien que de la roche stérile. Rien qui permette la vie — sous quelque forme que ce soit. Une immense déception s'est alors emparée de toutes les couches de la société.

— Et alors Packman a inventé la bulle Mondofab, dit Bart. « Soyez le maître d'un monde. » Puisqu'on était confiné sur terre, sans autres planètes où émigrer...

— On est resté chez soi à s'assembler un monde bien à soi, compléta Hull avec un sourire amer. Vous savez, il en existe une version pour enfants maintenant. En kit prêt à l'emploi. Pour que l'enfant connaisse tous les problèmes de base que pose la création d'un monde avant même de posséder une bulle.

— Au début, répliqua Bart, on a trouvé l'idée excellente. Ne pouvant quitter la Terre, on édifiait ses propres mondes ici même. Des mondes subatomiques en conteneurs clos. On crée la vie, on la confronte à des difficultés pour enclencher le processus d'évolution et tâcher ainsi de la pousser de plus en plus loin. En théorie, l'idée n'a rien de critiquable. Il s'agit indubitablement d'un passe-temps créatif, par opposition aux occupations passives comme regarder la télévision. En fait, la création de mondes est la forme d'art ultime. Elle remplace toutes les distractions, tous les spectacles sportifs, sans parler de la musique et de la peinture...

— Seulement, ça a mal tourné.

— Pas tout de suite, objecta Bart. Au début, c'était bien un passe-temps créatif. Chacun achetait une bulle Mondofab et se lançait dans la construction de son propre monde, en le faisant de plus en plus évoluer, en modelant des êtres vivants, en présidant à leurs destinées, et en se mesurant aux autres pour savoir qui pourrait fabriquer le monde le plus avancé.

— Ce qui résolvait un autre problème, plaça Julia. Celui des loisirs. Avec les robots pour nous remplacer au travail, les serbots pour nous servir et satisfaire nos besoins...

— Oui, la surabondance de loisirs constituait un problème, reconnut Hull. L'inactivité, ajoutée à la découverte que notre planète était la seule habitable du système. Les bulles de Packman semblaient offrir une solution dans un cas comme dans l'autre. Mais il s'est passé quelque chose d'imprévu que j'ai aussitôt remarqué. » Hull écrasa sa cigarette et en alluma une autre. « Ça a commencé il y a dix ans — et ça ne fait qu'empirer.

— Mais pourquoi ? demanda Julia. Explique-moi pourquoi les gens ont cessé d'édifier leurs mondes en laissant libre cours à leur créativité, pour se mettre à les détruire.

— Tu as déjà vu un enfant arracher les ailes d'une mouche ?

— Bien sûr. Mais...

— C'est pareil. Est-ce du sadisme ? Non, pas exactement. Plutôt une sorte de curiosité. De désir de démontrer sa puissance. Pourquoi les enfants cassent-ils les choses ? Pour affirmer leur pouvoir sur elles. On ne devrait jamais oublier que ces bulles-mondes sont des *substituts* qui comblent un manque : la découverte de la vie au naturel sur les planètes qui nous entourent. Et ils sont bien trop petits pour remplir ce rôle.

« Ce sont comme des petits bateaux dans une baignoire. Ou ces modèles réduits de fusées avec lesquels jouent les gosses. Des substituts, et non la réalité. Les gens qui les font marcher... pourquoi veulent-ils une bulle-monde ? Parce qu'ils ne peuvent pas explorer de vraies planètes. Ils y investissent beaucoup d'énergie, une énergie qu'ils ne peuvent exprimer ailleurs.

« Or, l'énergie accumulée finit par virer à l'agressivité. Les gens travaillent un temps à construire leur petit monde, mais finissent par atteindre le stade où leur hostilité latente, leur sentiment de frustration, leur...

— Il y a une explication plus simple, dit calmement Bart. Ta théorie est trop élaborée.

— Quelle est la tienne ?

— Les penchants destructeurs innés chez l'homme. Son désir naturel de tuer et dévaster.

— Et moi je prétends que ce désir n'existe pas, répliqua Hull. L'homme n'est pas une fourmi. Ses pulsions ne suivent pas une direction déterminée. Il n'a nul “instinct de destruction”, pas plus qu'il n'a le désir instinctif de sculpter des coupe-papier en ivoire. Il a de l'énergie — et l'expression de cette énergie prend une forme différente selon les occasions qui lui sont offertes. Tout est là. Nous avons tous en nous cette énergie, ce désir de bouger, d'agir, de créer. Seulement nous sommes enfermés, coupés de tout, sur une unique planète. Alors nous achetons des bulles Mondofab et nous créons nos petits univers. Mais les mondes microscopiques ne nous suffisent pas. Ils sont aussi peu satisfaisants qu'un petit bateau d'enfant pour qui veut cingler vers le large. »

Bart réfléchit quelques instants, perdu dans ses pensées. « Tu as peut-être raison, admit-il enfin. Tes arguments sonnent juste. Mais que suggères-tu ? Si les huit autres planètes sont mortes...

— Poursuivons l'exploration au-delà du système solaire.

— C'est ce que nous faisons.

— Essayons de trouver des exutoires moins artificiels. »

Bart sourit. « Si tu vois les choses ainsi c'est parce que tu n'as jamais eu le coup de main. » Il tapota sa bulle avec tendresse. « Moi, je ne trouve pas ça artificiel.

— C'est pourtant le cas de la plupart des gens, intervint Julia. Ils sont déçus. C'est pour cela qu'on a quitté la Réunion-Concours. »

Bart grommela. « Ça se gâte, c'est vrai. Drôle de scène tout à l'heure, pas vrai ? » Il médita, les sourcils froncés. « Mais mieux vaut les bulles que rien du tout. Que proposes-tu ? De les abandonner ? Mais que faire à la place ? Rester à discuter toute la journée ?

— Nat adore discuter, commenta Julia.

— Comme tous les intellectuels. » Bart tapota le bras de Hull. « Quand on siège au Directorat, on est de la classe des Intellectuels et des Professions libérales — les rubans gris.

— Et toi ?

— Bleu. Les Industriels. Tu sais bien. »

Hull acquiesça. « C'est vrai. Tu travailles aux *Chemins de l'Espace*. La firme qui ne perd jamais espoir.

— Tu veux donc que nous abandonnions les bulles pour rester sans rien faire. Belle solution au problème.

— Vous allez être *obligés* de les abandonner. » Hull s'empourpra. « Ce que vous ferez après vous regarde.

— Que veux-tu dire ? »

Hull se tourna vers Longstreet ; ses yeux lançaient des éclairs. « J'ai soumis un projet de loi au Directorat. Je demande que Mondofab soit mis hors la loi. »

La mâchoire de Bart se décrocha, « Quoi ?

— Avec quels arguments ? demanda Julia qui se réveillait.

— Des arguments d'ordre moral, déclara Hull d'une voix posée. Et je crois que je vais le faire adopter. »

La vaste salle du Directorat bourdonnait de rumeurs et fourmillait d'ombres mouvantes : les hommes prenaient place et se préparaient pour la séance du jour.

Eldon von Stern, le président de séance, se tenait auprès de Hull dans un coin derrière la tribune. « Mettons-nous bien d'accord, dit-il avec nervosité en passant ses doigts dans ses cheveux gris fer. Vous avez l'intention de monter défendre vous-même votre projet de loi ? »

Hull hocha la tête. « En effet. Pourquoi pas ?

— Les analyseurs automatiques pourraient le détailler et en présenter un compte rendu impartial aux représentants. Les orateurs sont passés de mode. Si vous prononcez une harangue basée sur l'émotion, vous êtes assuré de perdre. Les membres ne voudront pas...

— Je prends le risque. C'est trop important pour que nous laissions cela aux machines. »

Hull balaya du regard la salle immense où le calme s'installait peu à peu. Les représentants venus du monde entier avaient gagné leurs places. Il y avait les propriétaires, en blanc, les magnats de la finance et de l'industrie, en bleu, les chemises rouges des dirigeants d'usines coopératives et de fermes communales, puis, en vert, les hommes et les femmes issus de la classe moyenne qui représentaient les consommateurs. Et enfin son propre corps qui, en gris, rassemblait à l'extrême droite les médecins, les juristes, les scientifiques, les enseignants, les intellectuels et les membres des professions libérales.

« Je prends le risque, répéta Hull. Je veux voir ce projet adopté. Il est temps que le problème soit cerné avec clarté. »

Von Stern haussa les épaules. « À votre guise. » Il observa son interlocuteur avec curiosité. « Qu'est-ce que vous avez contre Mondofab ? C'est un cartel trop puissant pour que vous réussissiez à l'abattre. Packman est là en personne, quelque part. Je suis surpris que vous... »

Le fauteuil robot émit un signal lumineux. Von Stern s'éloigna de Hull et monta à la tribune.

« Tu es sûr de vouloir prendre la parole pour défendre personnellement ton projet ? demanda Julia qui se tenait dans l'ombre auprès de Hull. Il a peut-être raison. Laisse les machines l'analyser. »

Hull parcourait du regard l'océan de visages pour tâcher de localiser Forrest Packman, le propriétaire de Mondofab, et le trouva bientôt, avec sa chemise immaculée et son allure de vieil ange fané. Il préférait siéger avec le groupe des propriétaires car il considérait son entreprise comme un bien immobilier à caractère industriel. Le statut attaché à la propriété restait le plus prestigieux.

Von Stern effleura le bras de Hull. « Bon. Prenez place et exposez votre proposition. »

Hull monta à la tribune et s'assit dans le grand fauteuil de marbre. Devant lui, les rangées de visages l'observaient en se gardant d'afficher toute expression.

« Vous avez pris connaissance des termes de ma proposition », commença Hull. Sa voix était amplifiée par les haut-parleurs inclus dans le pupitre de chaque représentant. « Je propose que les Industries Mondofab soient considérées comme constituant une menace pour la société et que l'on nationalise ses biens immobiliers. Je vais vous résumer mes arguments.

« Le principe et la fabrication des produits Mondofab, le système des univers subatomiques... tout cela vous est connu. Il existe une infinité de mondes subatomiques, équivalents à l'échelle microscopique de notre propre dimension. Voici un siècle environ, Mondofab a mis au point une méthode de contrôle à la trentième décimale des forces et des tensions qui régissent ces plans de dimensions microscopiques, ainsi qu'une machine très simplifiée que tout adulte sait manœuvrer.

« Ces machines permettant d'intervenir dans des régions spécifiques des univers subatomiques ont été fabriquées et mises en vente avec le slogan : "Soyez le maître d'un monde". L'idée de base est que le propriétaire de la machine devient littéralement propriétaire d'un monde, puisque la machine maîtrise des forces gouvernant un univers subatomique analogue au nôtre.

« En achetant une de ces machines, ou bulles-mondes, je me retrouve en possession d'un univers virtuel dont je peux faire ce que bon me semble. Le mode d'emploi fourni par la compagnie m'indique comment manipuler ces univers miniatures de manière que la vie apparaisse et évolue rapidement pour donner des espèces de plus en plus avancées jusqu'à ce qu'enfin — en admettant que je sois suffisamment doué — j'aie en ma possession une civilisation d'un niveau culturel comparable au nôtre.

« Au cours des dernières années, nous avons vu les ventes de machines progresser au point qu'aujourd'hui, tout le monde ou presque possède un ou plusieurs univers subatomiques civilisés ; dans le même temps, on a aussi vu nombre d'entre nous réduire en poussière ces univers privés.

« Il n'existe aucune loi qui nous empêche de bâtir des civilisations évoluant avec une rapidité incroyable avant de les réduire à néant. C'est pour cela que je présente ce projet. Ces civilisations miniatures ne sont pas des fantasmes. Elles sont bien réelles. Leurs habitants microscopiques sont... »

Un brouhaha se répandit dans la salle. Il y eut des murmures, des bruits de toux. Certains députés avaient coupé leurs haut-parleurs. Hull hésita. Un frisson le glaça. Les visages qu'il avait sous les yeux étaient inexpressifs, froids, indifférents.

Il poursuivit à la hâte. « Leurs habitants sont à présent soumis au moindre caprice de leur créateur. Si nous désirons broyer leur monde, y déclencher des raz de marée, des tremblements de terre, des tornades, des incendies, des éruptions volcaniques... en bref, si nous voulons les détruire entièrement, ils n'ont aucun recours.

« Face à ces civilisations, nous occupons une position quasi divine. D'un seul geste, nous les oblitérons par millions. Nous leur envoyons la foudre, nous rasons leurs cités, nous aplatissons leurs microscopiques immeubles comme de vulgaires fourmilières. Nous pouvons les malmener comme de simples jouets victimes de toutes nos fantaisies. »

Hull s'interrompit, raidi par l'appréhension. Quelques représentants quittaient la salle. Le visage de von Stern grimaçait d'ironie réjouie.

Hull reprit maladroitement : « Je veux voir interdites les bulles de Mondofab. Nous le devons à ces civilisations, pour des raisons humanitaires et morales. »

Il conclut du mieux qu'il put. Quand il se remit debout, quelques applaudissements s'élevèrent du côté des Professions libérales, en gris. Mais les Propriétaires en blanc observèrent un silence absolu, tout comme les Industriels en bleu. Les chemises rouges et les représentants des consommateurs en vert demeuraient également silencieux, impassibles, voire quelque peu amusés.

Hull retourna en coulisse, glacé par l'amer sentiment de sa défaite. « Nous avons perdu, murmura-t-il, hébété. Je ne comprends pas. »

Julia lui prit le bras. « En faisant appel à d'autres arguments peut-être... Et les machines peuvent encore... »

Bart Longstreet sortit de l'ombre. « Inutile, Nat. Ça ne marchera pas. »

Hull hocha la tête. « Je sais.

— On ne pourra pas éliminer Mondofab en mettant en avant la morale. Ce n'est pas la bonne solution. »

Von Stern avait donné le signal. Les députés procédèrent au vote et les totalisateurs s'animèrent en bourdonnant. Muet, Hull observait la salle d'un air accablé.

Soudain, quelqu'un vint obstruer son champ de vision. Il s'écarta avec impatience mais une voix âpre le figea sur place.

« Dommage, Mr. Hull. Vous aurez peut-être plus de chance la prochaine fois. »

Hull se raidit. « Packman ! marmotta-t-il. Qu'est-ce que vous voulez ? »

Forrest Packman surgit de l'ombre et s'approcha en cherchant son chemin à l'aveuglette.

Bart Longstreet dévisagea le vieillard avec une hostilité non dissimulée. « À plus tard, Nat. » Sur quoi il tourna brusquement les talons et s'éloigna.

Julia le retint. « Bart, faut-il vraiment que tu...

— Une affaire urgente. Je reviens. » Il descendit l'allée centrale en direction de la section industrielle.

Forrest Packman était très vieux ; il avait cent sept ans. Les hormones et les transfusions sanguines l'avaient conservé, ainsi que les cures de rajeunissement raffinées qui maintenaient en vie son corps flétri.

Ses yeux profondément enfoncés dans leurs

orbites étaient rivés sur Hull ; le souffle court et âpre, ses mains rabougries étreignant le bras d'un serbot, il approchait péniblement. « Hull ? Ça ne vous dérange pas si je bavarde un peu avec vous pendant le vote ? Je ne serai pas long. » Il reporta son regard presque aveugle derrière son interlocuteur. « Qui est-ce qui vient de partir ? Je n'ai pas bien vu.

— Bart Longstreet. Des *Chemins de l'espace.*

— Ah, oui. Je le connais. Votre discours était très intéressant, Hull. Il m'a rappelé le bon vieux temps. Ces gens ont oublié ce que c'était, avant. Les temps ont changé. » Il s'interrompit pour laisser le serbot lui essuyer le menton et les lèvres. « Je m'intéressais à la rhétorique, jadis. Certains vieux maîtres... »

Le vieil homme continua de radoter. Hull l'étudiait avec curiosité. C'était donc ce vieillard frêle et ridé qui tenait les rênes de Mondofab ? Cela semblait bien improbable.

« Bryan, souffla Packman d'une voix sèche comme la cendre. William Jennings Bryan. Je ne l'ai jamais entendu parler, bien sûr. Mais on dit que c'était le plus grand. Votre discours n'était pas mal. Mais vous ne comprenez pas. Je vous ai écouté avec attention. Vous avez quelques bonnes idées. Mais ce que vous essayez de faire est absurde. Vous ne connaissez pas suffisamment les gens. Personne ne s'intéresse vraiment à... »

Il fut interrompu par une faible quinte de toux et le serbot le retint de ses bras de métal.

Impatient, Hull voulut prendre congé. « Le vote

est presque terminé. Je veux entendre les résultats. Si vous avez quoi que ce soit à me dire, vous n'avez qu'à remplir une plaque mémo comme tout le monde. »

Le serbot lui barra le passage et Packman poursuivit d'une voix chevrotante : « Personne ne s'intéresse vraiment à ce genre d'appel, Hull. Vous avez prononcé un bon discours, mais vous n'y êtes pas tout à fait. Pas encore, du moins. Cela dit, vous vous exprimez bien, mieux que tous ces jeunes bien proprets qui s'agitent comme des petits employés de bureau... »

Hull s'efforça d'entendre le résultat du vote. La masse du serbot impassible l'empêchait d'y voir, mais la proclamation réussit à couvrir l'âpre râle de Packman. Von Stern s'était levé pour lire les totaux groupe par groupe.

« Quatre cents contre, trente-cinq pour, déclara-t-il. Le projet de loi est repoussé. » Il laissa tomber les cartes fiches et reprit l'ordre du jour. « Sujet suivant. »

Derrière Hull, Packman s'interrompit et pencha sa tête osseuse. Ses yeux brillèrent et l'ombre d'un sourire courut sur ses lèvres. « Battu ? Vous n'avez même pas obtenu tous les votes gris, Hull. Maintenant, vous écouterez peut-être ce que j'ai à vous dire. »

Hull tourna le dos à la salle. Le serbot baissa le bras. « Tout est fini.

— Viens. » Julia s'écarta de Packman avec gêne. « Allons-nous-en.

— Voyez-vous, poursuivit impitoyablement le

vieillard, vous avez des potentialités susceptibles de s'épanouir. Quand j'avais votre âge, j'avais les mêmes idées que vous. Je croyais que si les gens voyaient les problèmes moraux que posait mon invention, ils réagiraient. Mais ça ne marche pas comme ça. Pour arriver à quelque chose, il faut faire preuve de réalisme. Les gens... »

Hull entendait à peine la voix sèche et râpeuse qui continuait de discourir. La défaite... Mondofab, les bulles, tout allait continuer. Les Réunions-Concours aussi : des hommes et des femmes ayant trop de temps libre tromperaient leur ennui en buvant, en dansant, en comparant leurs bulles-mondes jusqu'à ce que leur excitation atteigne son comble et débouche sur une orgie de casse. Et cela recommencerait inlassablement.

« Personne ne peut abattre Mondofab, dit Julia. C'est un trop gros poisson. Nous devrons accepter que les bulles fassent partie de nos vies. Comme dit Bart, tant qu'on n'aura rien à offrir à la place... »

Bart Longstreet surgit de l'ombre. « Vous êtes encore là ? dit-il à Packman.

— J'ai perdu, dit Hull.

— Je sais, j'ai entendu. Mais peu importe. » Longstreet évita Packman et son serbot. « Restez là. Je vous rejoins dans une seconde. Je dois voir Von Stern. »

En entendant le ton de sa voix, Hull releva vivement les yeux. « Que se passe-t-il ?

— Pourquoi “peu importe” ? » demanda Julia.

Longstreet monta à la tribune et alla tendre une

plaque-message à Von Stern avant de se retirer dans l'ombre. Ce dernier la consulta brièvement...

Et s'interrompit au beau milieu d'une phrase. Puis il se leva lentement en la tenant serrée entre ses doigts. « J'ai une annonce à faire. » Sa voix tremblotante était presque inaudible. « Un communiqué émis par la station d'exploration des *Chemins de l'espace* sur Proxima du Centaure. »

Un murmure agité circula dans la salle.

« Les vaisseaux de reconnaissance patrouillant dans le système de Proxima ont contacté les éclaireurs commerciaux d'une civilisation extragalactique. Un échange de messages a eu lieu. Les vaisseaux des *Chemins de l'espace* se dirigent vers le système arcturien en comptant y trouver... »

Des cris s'élevèrent un peu partout et ce fut bientôt un véritable charivari. Hommes et femmes se levaient, hurlant de joie. Von Stern interrompit sa lecture et, impassible, les bras croisés, attendit que le calme revienne.

Forrest Packman s'était figé, les mains jointes et les yeux clos. Son serbot émit des arceaux de soutien pour l'enfermer dans un bouclier de métal protecteur.

« Hein ? » hurla Longstreet en revenant vers eux. Il jeta un coup d'œil à la frêle silhouette ratatinée soutenue par le robot, puis à Hull et Julia. « Qu'est-ce que tu dis de ça, Hull ? Allons-nous-en d'ici ; il faut fêter ça. »

« Je te ramène », dit Hull à Julia. Il chercha du regard une navette intercontinentale. « Dommage que tu habites si loin. Hong Kong est tellement à l'écart de tout. »

Julia le prit par le bras. « Tu peux me reconduire toi-même. Tu te rappelles ? Le Tunnel du Pacifique est ouvert. Nous sommes reliés à l'Asie maintenant.

— C'est vrai. » Hull ouvrit la portière de sa voiture de surface et Julia se glissa à l'intérieur. Hull s'assit au volant et claqua la portière. « J'avais oublié, avec toutes mes préoccupations. Peut-être qu'on pourra se voir plus souvent. Ça ne me dérangerait pas de passer quelques jours de vacances à Hong Kong. Tu pourrais m'inviter. »

Il inséra la voiture dans le flot de la circulation, se laissant orienter par le faisceau de radioguidage. « Dis-m'en davantage, demanda Julia. Je veux savoir tout ce que Bart a dit.

— Pas grand-chose de plus. Ils s'y attendaient depuis quelque temps. Voilà pourquoi il ne se faisait pas trop de souci à propos de Mondofab. Il savait que tout basculerait dès l'annonce officielle.

— Pourquoi ne t'a-t-il pas prévenu ? »

Hull eut un sourire désabusé. « Impossible. Imagine que les premiers rapports aient été démentis. Il voulait attendre d'avoir une certitude. Il était sûr du résultat. » Hull fit un geste. « Regarde. »

De part et d'autre de la piste, hommes et femmes surgissaient des immeubles et des usines souterraines, formant une masse fourmillante qui se répandait en tous sens dans la confusion la plus totale, criant, hurlant de joie, jetant des objets en l'air, balançant des papiers par les fenêtres, les uns montant sur les épaules des autres.

« Ils se défoulent, laissa tomber Hull. Et c'est normal. Bart dit qu'Arcturus est censé posséder sept ou huit planètes fertiles, les unes habitées, les autres seulement couvertes de forêts et d'océans. Ces négociants extragalactiques affirment que la plupart des systèmes possèdent au moins une planète utilisable. Ils ont visité notre système il y a longtemps. Nos premiers ancêtres ont peut-être commercé avec eux.

— Alors la vie abonde dans la galaxie ? »

Hull éclata de rire. « Si ce qu'ils prétendent est vrai. Et le simple fait qu'ils existent me paraît une preuve suffisante.

— Plus de Mondofab.

— Non. » Hull secoua la tête. Plus de Mondofab. Déjà on bradait les stocks, devenus sans valeur. Sans doute l'État récupérerait-il les bulles existantes pour les sceller et laisser leurs habitants libres de s'autodéterminer.

Cette éradication névrotique de civilisations laborieusement cultivées appartenait désormais au passé. Les réalisations de ces petits êtres vivants ne seraient plus détruites d'une chiquenaude par des dieux souffrant de frustration et d'ennui.

Julia soupira et se laissa aller contre Hull. « On peut se détendre un peu maintenant. Bien sûr que je t'invite. On peut remplir des papiers de cohabitation permanente, si tu veux... »

Soudain Hull se pencha, tendu. « Où est le tunnel ? demanda-t-il. La piste devrait s'y raccorder sous peu. »

Julia regarda vers l'avant en fronçant les sourcils. « Il y a quelque chose qui cloche. Ralentis. »

Hull s'exécuta. Un signal d'interdiction clignotait devant eux. De tous côtés les voitures s'immobilisaient sur les bandes d'arrêt d'urgence. Il arrêta la sienne. Des navettes sillonnaient le ciel ; leurs réacteurs déchiraient le silence du soir. Une douzaine d'hommes en uniforme traversaient un terrain d'atterrissage au pas de course, guidant un derrick robot ferraillant.

« Mais enfin, qu'est-ce que... ? » marmonna Hull. Un soldat s'approcha en agitant une balise d'alarme.

« Faites demi-tour. On a besoin de la totalité de la voie.

— Mais...

— Que se passe-t-il ? demanda Julia.

— Le tunnel. Un tremblement de terre vers le milieu l'a cassé en dix morceaux. » Le soldat s'éloigna en toute hâte. Un véhicule chargé de robots-charpentiers occupés à assembler des pièces de matériel passa à toute allure.

Julia et Hull se dévisagèrent, les yeux écarquillés. « Seigneur, murmura Hull. En dix endroits ! Et il devait être bondé. »

Un vaisseau de la Croix-Rouge se posa et ses sabords s'ouvrirent en grinçant ; des civières se mirent à faire la navette pour embarquer les blessés.

Deux secouristes vinrent s'installer à l'arrière de

la voiture de Hull. « Ramenez-nous en ville. » Ils s'affalèrent sur la banquette, épuisés. « Il faut aller chercher de l'aide. Vite !

— Entendu. » Hull redémarra.

« Comment est-ce arrivé ? » demanda Julia à l'un des hommes accablés qui tamponnait machinalement les coupures qu'il portait au visage et au cou.

« Un tremblement de terre.

— Mais pourquoi ? Ne l'avait-on pas construit de manière à résister...

— C'était une formidable secousse. » L'homme branla la tête avec lassitude. « Personne ne s'y attendait. Il n'y a aucun survivant. C'est qu'il y avait des milliers de voitures là-dessous. Des dizaines de milliers de personnes en tout.

— Une véritable catastrophe naturelle », grogna l'autre secouriste.

Tout à coup, Hull se contracta, puis battit des paupières.

« Qu'est-ce qu'il y a ? demanda Julia.

— Rien, rien.

— Tu es sûr ? Qu'est-ce qui ne va pas ? »

Hull resta muet, plongé dans ses pensées, tandis que son visage se transformait en un masque d'horreur et de stupéfaction.

Projet : Terre

Un bruit caverneux résonnait dans toute la maison. Il faisait vibrer les plats dans la cuisine et les gouttières le long du toit, explosant en longues salves régulières qui évoquaient un lointain orage. De temps en temps ce martèlement cessait, mais il finissait toujours par reprendre, brutal et obstiné, dans la nuit par ailleurs silencieuse. Cela semblait venir du dernier étage de la grande maison.

Dans la salle de bains, trois enfants serrés autour d'une chaise échangeaient des murmures agités et se poussaient mutuellement en laissant libre cours à leur curiosité.

« Vous êtes bien sûrs qu'il ne peut pas nous voir ? chuchota Tommy.

— Comment veux-tu ? Suffit de ne pas faire de bruit. » Dave Grant se tourna sur la chaise pour faire face au mur. « Parle moins fort », fit-il en se remettant à regarder sans plus tenir compte des deux autres.

« Laisse-moi voir », souffla Joan en donnant à son frère un coup de coude pointu. « Pousse-toi.

— Ferme-la. » Dave la repoussa. « J'y vois mieux, maintenant. » Il alluma la lumière.

« Moi aussi je veux voir », intervint Tommy en délogeant Dave, qui tomba sur le carrelage. « Allez, ouste.

— Dis donc, c'est chez nous ici », protesta Dave avant de lui laisser tout de même la place, mais de mauvaise grâce.

Tommy monta avec précaution sur la chaise et colla son œil à la fissure, le visage écrasé contre la cloison. L'espace de quelques instants, il ne vit rien ; la fissure était trop étroite et, de l'autre côté, la lumière était insuffisante. Puis, peu à peu, il commença à distinguer des formes.

Edward Billings était installé derrière un monumental bureau à l'ancienne. Il s'était arrêté de dactylographier afin de reposer ses yeux. Il avait sorti de sa poche une grosse montre de gousset qu'il remontait à présent avec application. Sans ses lunettes, son visage mince et ridé paraissait morne et nu ; on aurait dit un vieil oiseau. Puis il remit ses verres et rapprocha son fauteuil du bureau.

Ses doigts agiles se remirent à courir sur le clavier de l'imposante machine métallique. Bientôt le martèlement menaçant envahit à nouveau la maison avec la même insistance.

Dans la chambre de Mr. Billings régnaient la pénombre et le désordre. Il y avait des livres et des papiers partout, entassés pêle-mêle sur le bureau et la table de chevet ou à même le plancher. Les murs étaient recouverts de graphiques, de planches anatomiques, de cartes d'astronomie et de thèmes astraux. Près des fenêtres s'alignaient des étagères pleines de paquets et de flacons de produits chimiques recouverts de poussière. En haut de la bibliothèque était posé un oiseau empaillé au plumage gris et avachi. Sur le bureau gisaient une grande loupe, des dictionnaires de grec et d'hébreu, une boîte à timbres-poste, un coupe-papier en os. Un ruban de papier tue-mouches accroché à la porte bougeait au gré des courants d'air chaud montant du radiateur à gaz.

Les restes d'une lanterne magique reposaient contre un mur. On voyait également une sacoche noire disparaissant à demi sous une pile de vêtements. Des chemises, des chaussettes, une longue blouse fanée et élimée. Des piles de journaux et de magazines attachés avec de la ficelle brunie. Un grand parapluie noir appuyé contre la table, avec une mare d'eau sale autour de la pointe en acier. Un présentoir vitré renfermant des papillons épinglés sur du coton jaunissant.

Et au bureau, ce vieillard à la stature de géant penché sur son antique machine à écrire, entouré de documents et de notes.

« Ça alors ! » lâcha Tommy.

Edward Billings rédigeait son rapport, ouvert à côté de lui sous la forme d'un énorme livre dont la reliure en cuir s'enflait autour des coutures. Il y reportait les annotations manuscrites accumulées sur son bureau.

Sous les coups de marteau réguliers des touches colossales, tout tremblait et s'entrechoquait dans la salle de bains, de l'applique lumineuse aux divers flacons et tubes de l'armoire à pharmacie. Jusqu'au plancher sous les pieds des enfants.

« C'est une sorte d'espion communiste, dit Joan. Il dessine des cartes de la ville pour y jeter des bombes dès que Moscou lui donnera le feu vert.

— Tu parles ! lança Dave sur un ton exaspéré.

— Mais si, regarde toutes ces cartes, ces papiers, ces crayons... Il n'y a pas d'autre...

— Moins fort, coupa Dave. Il va nous entendre. Ce n'est pas un espion. Il est trop vieux.

— C'est quoi, alors ?

— Je ne sais pas. Mais pas un espion, en tout cas. Ce que tu peux être bête ! Si c'était un espion, il aurait une barbe.

— C'est peut-être un malfaiteur alors, insista Joan.

— Je lui ai parlé, un jour où il descendait l'escalier. Il m'a dit bonjour ; il avait un paquet de bonbons, et il m'en a donné un.

— C'était quoi, comme bonbon ?

— J'en sais rien. Un truc dur. Pas très bon.

— Qu'est-ce qu'il peut bien trafiquer ? interrogea Tommy en décollant son œil de la fente.

— Il reste assis dans son bureau toute la journée. Il tape à la machine.

— Il ne travaille pas ?

— Mais si, répondit Dave d'un air méprisant. C'est ça, son travail. Il rédige un rapport. C'est un cadre, il travaille dans une entreprise.

— Laquelle ?

— J'ai oublié.

— Il ne sort jamais ?

— Si, il va sur le toit.

— Ah bon ?

— Oui, il a une sorte de terrasse, là-haut ; on l'a fait réparer. Elle va avec son appartement. Il y a installé un jardin. Parfois il descend chercher de la terre dans l'arrière-cour.

— Chut ! prévint brusquement Tommy. Il s'est retourné. »

Edward Billings venait de se mettre sur pieds. Il recouvrit la machine à écrire d'une housse noire, avant de la repousser et de rassembler crayons et gommes pour les ranger dans le tiroir.

« Il a fini son travail », expliqua Tommy aux autres.

Le vieil homme ôta ses lunettes et les glissa dans leur étui. Il s'épongea le front d'un geste las, puis desserra sa cravate et déboutonna le col de sa chemise, dévoilant un cou allongé à l'épiderme jaunâtre et fripé sous lequel se dessinaient les tendons. Il avala un verre d'eau et sa pomme d'Adam monta puis descendit, bien visible.

Ses yeux étaient d'un bleu délavé, presque incolore. L'espace d'un instant, il fixa son regard droit sur Tommy ; ses traits acérés étaient inexpressifs. Puis, tout à coup, il sortit de la pièce.

« Il va se coucher », signala Tommy.

Billings revint peu après, une serviette de toilette sur le bras. Il posa la serviette sur le dossier du fauteuil, près du bureau, puis souleva l'épais registre et, le tenant fermement des deux mains, le porta jusqu'à la bibliothèque. Il le déposa sur une étagère, puis ressortit.

Le livre se trouvait maintenant très près du mur fissuré, et Tommy pouvait déchiffrer les lettres d'or gravées sur la couverture en cuir craquelé. Il resta longtemps les yeux fixés sur le titre énigmatique qu'elles formaient, jusqu'à ce que Joan l'écarte impatiemment.

Tommy s'éloigna du mur, fortement impressionné par ce qu'il venait de lire sur la couverture de l'imposant registre, cet énorme volume de données sur lequel le vieil homme travaillait jour après jour. À la lueur vacillante de la lampe de bureau, il avait pu sans mal distinguer sur la reliure usée les mots :

PROJET B : TERRE

« Allons-nous-en, fit Dave. Il va entrer dans deux minutes. S'il nous surprend à l'épier...

— Ah ! Tu as peur de lui, se moqua Joan.

— Toi aussi, tu as peur. Maman aussi. Tout le monde a peur de lui. » Dave jeta un coup d'œil à Tommy. « Et toi, il te fait pas peur ? »

Tommy secoua la tête. « J'aimerais bien savoir ce qu'il y a dans le livre, fit-il tout bas. Qu'est-ce qu'il peut bien trafiquer, ce vieux bonhomme ? »

Le soleil déclinant répandait une lumière encore vive, mais qui ne réchauffait guère l'atmosphère. Edward Billings descendit lentement l'escalier de derrière, un seau vide à la main, des journaux roulés sous le bras. Il s'immobilisa un instant et promena un regard autour de lui en se protégeant les yeux. Puis il s'engagea dans l'arrière-cour au milieu de l'herbe humide et touffue.

Tommy sortit de derrière le garage et s'élança sans bruit dans l'escalier avant de pénétrer dans l'immeuble et de remonter à toute vitesse le couloir obscur.

Un instant plus tard, haletant, l'oreille aux aguets, il se tenait devant la porte d'Edward Billings.

Pas un bruit. Il actionna la poignée, qui obéit à son geste. La porte s'ouvrit en grand et une tiède bouffée d'odeur de renfermé assaillit brièvement ses narines avant de se dissiper dans le couloir.

Il n'avait guère de temps devant lui. Le vieil homme ne tarderait pas à remonter de la cour avec son seau plein de terre.

Le gamin entra dans la pièce et, le cœur battant à tout rompre, alla tout droit vers la bibliothèque. Le volumineux registre y reposait parmi des monceaux de notes manuscrites et des coupures de journaux agrafées. Il le dégagea et l'ouvrit sans attendre, tournant au hasard les pages épaisses et craquantes.

Danemark.

Des chiffres, des données factuelles... Une interminable succession de faits précis disposés en colonnes, page après page. Les lignes dactylographiées ondulaient sous ses yeux ; il n'en comprenait pas le sens. Il passa à une autre section.

New York.

Encore des annotations, cette fois concernant New York. Il s'efforça de déchiffrer les intitulés des colonnes. Total de la population, occupations des habitants, modes de vie, rémunérations, emplois du temps, convictions — notamment politiques, mais aussi philosophiques et morales... Âge, état de santé, quotient intellectuel... Graphiques, statistiques, moyennes, estimations...

Oui, des évaluations. Tommy secoua la tête et passa à une autre partie du livre.

Californie.

Population. Richesses. Initiatives des autorités locales. Ports fluviaux et maritimes. Là encore, rien que des données sur tout et n'importe quoi, partout dans le monde. Tommy feuilleta le reste. Aucune région de la planète n'était oubliée. Toutes les villes, tous les pays y étaient, avec le maximum d'informations possible.

Troublé, il referma le volume et se mit à aller et venir çà et là en examinant les piles de documents divers, coupures et autres graphiques. Il se représentait le vieil homme tapant jour après jour à la machine pour réunir des informations précises sur le monde dans sa totalité. La Terre... Un rapport complet sur la Terre et ses habitants. Jusqu'à leurs moindres faits et gestes, leurs pensées, leurs forfaits et leurs exploits, leurs croyances et leurs préjugés. Oui, un gigantesque rapport ne négligeant aucun détail.

À l'aide de la grosse loupe, Tommy examina la surface même du bureau. Puis il observa le coupe-papier, pour se tourner bientôt vers la lanterne magique cassée, dans un coin. Ensuite ce fut le tour du présentoir à papillons, de l'oiseau empaillé, des flacons de produits chimiques...

Enfin, il sortit sur la terrasse ; le soleil couchant papillonnait sur un cadre en bois posé en son centre, cerné de tas de terre et d'herbe. Le long de la balustrade s'alignaient de grands pots d'argile, des sacs d'engrais et des boîtes de graines tout humides, ainsi qu'un pulvérisateur appuyé sur le bec, une truelle crottée, des bouts de tapis, un fauteuil branlant et un arrosoir.

Le cadre en bois était recouvert de grillage. Tommy se pencha et discerna des rangées de plants minuscules, ainsi que des plaques de mousse. Une jungle miniature.

À un endroit, on voyait une boule d'herbes sèches, une espèce de cocon.

Des bestioles ? Des insectes ? Des parasites quelconques ?

Tommy introduisit un brin de paille dans un trou du grillage et piqua la boule d'herbe, qui frémit aussitôt. Il y avait quelque chose à l'intérieur. Alors il aperçut plusieurs autres cocons, disséminés parmi les plants.

Tout à coup, de l'un des cocons jaillit une créature qui détala dans l'herbe avec un petit cri d'effroi. Une autre suivit. Également rosâtre, elle filait tout aussi vite. Ce fut bientôt une marée de bestioles roses et piaillantes, hautes de cinq centimètres, qui fonçait en tous sens entre les plants. Vivement intéressé, Tommy se pencha plus près pour voir ce que c'était. Pas de pelage. Des animaux à peau nue, donc. Mais tout petits, guère plus grands que des sauterelles.

Des bébés insectes ? Son pouls s'accéléra violemment. Des jeunes, peut-être... Son pouls s'accéléra. À moins que ce ne soient...

Un bruit lui fit subitement faire volte-face. Il s'immobilisa, pétrifié.

Tout essoufflé, Edward Billings se tenait sur le pas de la porte. Il posa son seau plein de terre, soupira et chercha son mouchoir dans la poche de sa veste bleu marine. En silence, il s'épongea le front sans quitter des yeux le petit garçon.

« Qui es-tu, jeune homme ? » questionna le vieil homme au bout d'un temps. « Je ne me rappelle pas t'avoir jamais vu.

— Non, fit Tommy en secouant la tête.

— Que fais-tu là ?

— Rien du tout.

— Tu veux bien porter ce seau sur la terrasse ? Il est plus lourd que je ne croyais. »

Durant quelques secondes, Tommy ne bougea pas. Enfin il se décida à ramasser le seau pour aller le poser près de la caisse.

« Merci, lui dit Billings. C'est gentil. » Les paupières battantes, il observa le jeune garçon ; ses yeux bleu pâle et son visage émacié composaient une expression matoise mais non dénuée de bienveillance. « Tu me sembles drôlement costaud. Quel âge as-tu ? Dans les onze ans ? »

Tommy acquiesça tout en reculant vers la balustrade. Après, c'était la chaussée, deux ou trois étages plus bas. Il vit Mr. Murphy qui rentrait du bureau, des gamins qui jouaient au coin de la rue et, en face, une jeune femme qui arrosait sa pelouse, un chandail bleu jeté sur ses épaules graciles. Il se sentit plus ou moins en sécurité. Si le vieux tentait quoi que ce soit...

« Qu'est-ce qui t'amène ici ? » interrogea ce dernier.

Tommy ne répondit pas. Ils restèrent quelques secondes à se dévisager, le vieillard voûté immense dans son costume démodé et le jeune garçon avec son jean, son sweat-shirt rouge, ses tennis, sa casquette et ses taches de rousseur. Tommy lança un coup d'œil à la caisse grillagée, puis regarda à nouveau le vieil homme.

« Ah, c'est ça qui t'intéresse ?

— Qu'est-ce qu'il y a là-dedans ? Qu'est-ce que c'est ?

— Quoi donc ?

— Ces bestioles. Des insectes ? Je n'en ai jamais vu de pareils. Comment ça s'appelle ? »

Billings s'approcha lentement et détacha un coin du grillage. « Je vais te montrer, puisque ça t'intéresse. » Il dégagea d'un geste le reste du grillage.

Tommy s'avança à son tour, les yeux écarquillés.

« Alors ? fit Billings. Tu vois, maintenant ? »

Le gamin siffla tout bas. « C'est bien ce que je pensais. » Il se redressa lentement, tout pâle. « Mais je n'en étais pas sûr. De tout petits hommes !

— Pas exactement. » Billings s'assit pesamment dans le fauteuil bancal. De sa veste, il tira une blague à tabac usée et une pipe dont il emplit placidement le fourneau. « Pas exactement des hommes. »

Tommy ne pouvait détacher ses yeux de la caisse. Les cocons étaient en fait des huttes miniatures assemblées par les petits hommes, dont certains s'étaient rassemblés à découvert pour observer le garçonnet. C'étaient de minuscules créatures roses de cinq centimètres de haut. Et complètement nues. Voilà pourquoi elles étaient roses.

« Regardes-y de plus près, souffla Billings. Surtout la tête. Qu'est-ce que tu vois ?

— Elles sont trop petites.

— Va chercher la loupe sur le bureau. » Le gamin s'exécuta promptement. « Maintenant, dis-moi ce que tu vois. »

Tommy examina les êtres à la loupe. Des hommes normalement constitués, avec deux bras et deux jambes ; quelques femmes aussi. Avec des bras, des jambes, des... bref, il y avait aussi des femmes. Mais la tête... Il plissa les yeux sous l'effort...

Et recula brusquement.

« Qu'y a-t-il ? grommela Billings.

— Ils sont... bizarres.

— Ah ? fit Billings en souriant. Ça dépend à quoi on est habitué. Ils sont différents de toi, ça oui. Mais pas "bizarres" pour autant. Ils n'ont rien d'anormal. Du moins, je l'espère. » Son sourire s'effaça, et il se mit à suçoter sa pipe en silence, perdu dans ses pensées.

« C'est vous qui les avez fabriqués ? demanda Tommy.

— Moi ? s'étonna Billings en retirant la pipe de sa bouche. Non.

— Où est-ce que vous les avez eus alors ?

— On me les a prêtés. C'est un groupe test. *Le* groupe test, en fait. Ils sont nouveaux. Tout nouveaux.

— Vous... vous m'en vendriez un ?

— Certes non, fit Billings en riant. Désolé, mais je dois les garder. »

Tommy hocha la tête et reprit ses observations. Sous la loupe, il voyait distinctement leurs têtes. Non, ce n'étaient pas *tout à fait* des hommes. Sur leur front pointaient des antennes, des espèces de filaments renflés aux extrémités. Comme les épines de certains insectes. Ce n'étaient pas des hommes, mais ça y ressemblait étrangement. Hormis les antennes, ils semblaient tout ce qu'il y avait de plus normal. Les antennes et leur extrême petitesse.

« Est-ce qu'ils viennent d'une autre planète ? Mars ? Vénus ?

— Non.

— D'où, alors ?

— Il est difficile de répondre à cela car la question n'a pas de sens en ce qui les concerne.

— Et votre registre, c'est quoi ?

— Quel registre ?

— Oui, le grand livre plein de données auquel vous travaillez.

— Ah, oui. J'y travaille même depuis très longtemps.

— Combien de temps ? »

Billings sourit. « À cela non plus, je ne peux

répondre. Ça ne signifierait rien. Disons *vraiment* longtemps. Toutefois, j'arrive au bout.

— Qu'est-ce que vous allez en faire, quand ce sera fini ?

— Le remettre à mes supérieurs.

— Qui sont-ils ?

— Ça ne te dirait rien.

— Où habitent-ils ? Ici, dans cette ville ?

— Oui et non. Il m'est impossible de répondre à cela. Un jour peut-être, tu...

— Le registre parle de nous », déclara abruptement Tommy.

Billings tourna la tête et plongea son regard perçant dans les yeux de Tommy. « Vraiment ?

— Oui.

— Comment le sais-tu ?

— J'ai regardé. J'ai vu le titre sur la couverture. Ça concerne la Terre, hein ?

— Oui, acquiesça Billings.

— Vous n'êtes pas d'ici, c'est ça ? Vous venez d'en dehors du système solaire.

— Comment... comment sais-tu ça, toi ? »

Tommy eut un sourire supérieur. « Je le sais, c'est tout. J'ai mes informations.

— Qu'as-tu lu dans le registre ?

— Pas grand-chose. À quoi ça va servir ? Pourquoi notez-vous tout ça ? Qu'est-ce qu'*ils* vont en faire ? »

Billings hésita un long moment avant de répondre. « Ça, ça dépend d'eux. » Un geste vers la caisse en bois. « L'utilisation de ces données dépend essentiellement de l'issue du Projet C.

— Le Projet C ?

— Le troisième. Il y en a eu deux autres avant. *Ils* se réservent une très longue période d'observation. Chaque Projet est soigneusement planifié. Les facteurs nouveaux sont envisagés en détail avant que la moindre décision ne soit prise.

— Deux autres projets ?

— Pour celui-là, ça a été les antennes. Restructuration complète des facultés cognitives, abandon quasi total des pulsions innées, souplesse accrue ; cela s'accompagne d'un appauvrissement notable de l'indice sensoriel global, certes, mais ce qu'ils perdent en libido, ils le regagnent en maîtrise rationnelle. Je m'attends à une revalorisation de l'expérience individuelle, au détriment de la traditionnelle dépendance par rapport à l'apprentissage collectif. On aura une réflexion moins stéréotypée. Des réactions plus rapides en situation d'urgence. »

Ce discours ne voulait pas dire grand-chose pour Tommy ; il était complètement perdu. « Et les autres, c'était quoi ?

— Les autres ? Le Projet A, c'était il y a bien longtemps. Je n'ai plus les détails à l'esprit. Ils avaient des ailes.

— Quoi !

— Oui. Leur survie dépendait de leur mobilité, et ils étaient dotés d'un individualisme considérable. En dernière analyse, il est apparu que nous leur avions accordé une trop grande autonomie. Ils connaissaient les notions d'orgueil et d'honneur. C'étaient des combattants. Et ils s'opposaient les uns aux autres. Ils se sont divisés en myriades de factions rivales, et...

— Et l'autre projet ? »

Billings cogna sa pipe contre la balustrade puis reprit, davantage pour lui-même que pour le garçonnet : « Le modèle ailé a été notre première tentative pour créer des organismes très évolués. Ce fut le Projet A. Après cet échec, nous nous sommes tous réunis et il en a résulté le Projet B. Nous étions certains de son succès. On avait éliminé une bonne part des facteurs individualistes excessifs pour leur substituer un processus d'orientation collective. L'apprentissage théorique et pratique se ferait au sein du groupe, cette fois. Nous espérions la maîtrise totale du projet. Notre première expérience nous avait enseigné la nécessité d'une surveillance accrue.

— À quoi ressemblaient les êtres du deuxième projet ? » s'enquit Tommy, cherchant un élément concret auquel se raccrocher dans les propos de Billings.

« Comme je l'ai dit, on a abandonné les ailes. Mais à part cela, l'allure générale était la même. Malgré un contrôle constant aux premiers stades, le deuxième modèle s'est lui aussi éloigné du schéma directionnel prévu ; le groupe a éclaté en sous-ensembles autodéterminés qui ont échappé à notre supervision. Il ne fait aucun doute que les survivants du groupe A ont contribué à les influencer. Nous aurions dû exterminer le modèle initial dès que...

— Certains en ont réchappé ?

— Tu veux parler du Projet B ? Naturellement. » Billings parut agacé. « Le Projet B, c'est vous. C'est pour cela que je suis ici. Dès que j'aurai terminé mon rapport, le modèle auquel tu appartiens sera définitivement éliminé. Mes recommandations iront indubitablement dans le même sens qu'au temps du Projet A, puisque le projet dont tu fais partie nous a échappé au point de ne plus comporter d'êtres fonctionnels. »

Mais Tommy n'écoutait plus. Penché sur la caisse, il observait les neuf petits êtres des deux sexes. Neuf créatures uniques en leur genre.

Le garçon se mit à trembler. Il sentait naître en lui une vague d'excitation. Un plan mûrissait à toute allure dans sa tête mais il se força à garder un air neutre et une posture rigide.

« Bon, j'y vais. » Il regagna l'intérieur et se dirigea vers le couloir.

« Ah ? fit Billings en se levant. Mais...

— Oui, il faut que j'y aille. Il se fait tard. À un de ces jours. » Il ouvrit la porte. « Au revoir.

— Au revoir, lâcha Billings, éberlué. J'espère qu'on se reverra.

— Certainement. »

Tommy rentra chez lui en courant et monta quatre à quatre les marches extérieures.

« Tu arrives juste à temps pour le dîner », lui lança sa mère depuis la cuisine.

Il s'arrêta au milieu de l'escalier menant à l'étage. « Il faut que je ressorte.

— Pas question ! Tu vas aller...

— Juste un petit moment. Je reviens. »

Il se précipita vers sa chambre, où il entra en jetant un regard circulaire. Les murs tapissés de jaune vif et décorés de ses fanions, la grande commode surmontée d'un miroir, le peigne et la brosse, ses maquettes d'avions, les photos de ses joueurs de base-ball préférés, sa collection de capsules, son petit poste de radio au coffrage en plastique fendu, ses boîtes à cigares pleines d'objets en tout genre ramassés ici et là.

Tommy prit une de ces boîtes, en déversa le contenu sur le lit puis la fourra sous son blouson et ressortit précipitamment.

« Où vas-tu ? questionna son père en levant les yeux de son journal.

— Je reviens.

— Tu n'as pas entendu ? Ta mère a dit que c'était l'heure de dîner !

— Je reviens. C'est important. » Il poussa la porte d'entrée. L'air vif du soir l'assaillit. « Je te jure. C'est vraiment important.

— Dix minutes, intima Vince Jackson en jetant un coup d'œil à sa montre. Pas plus. Ou tu te passeras de dîner.

— Dix minutes. » Tommy claqua la porte, dévala les marches et s'enfonça dans le noir.

Sous la porte de Billings et par le trou de la serrure filtrait un rai de lumière instable. Tommy hésita puis leva le poing et frappa. Un silence, puis un mouvement suivi d'un bruit de pas pesants. La porte s'entrouvrit et Billings passa la tête dans le couloir.

« C'est moi ! fit Tommy.

— C'est encore toi ! » Le vieil homme ouvrit la porte en grand et le garçon se faufila à l'intérieur. « Tu as oublié quelque chose ?

— Non.

— Assieds-toi, fit Billings en refermant. Tu veux quelque chose ? Une pomme ? Du lait ?

— Non, merci. » Tommy se mit à aller et venir d'un air agité, effleurant au passage les objets, les livres, les papiers, les liasses de coupures.

Durant un bon moment, Billings se contenta de l'observer. Puis il retourna à son bureau en laissant échapper un soupir. « Si tu n'y vois pas d'inconvénient, je vais terminer mon rapport. Je pense avoir fini sous peu. » Il tapota une pile de feuillets annotés près de lui. « Ce sont les derniers. Après, je pourrai m'en aller présenter mon rapport et mes conclusions. »

Il se pencha sur son énorme machine à écrire et se mit à taper imperturbablement. L'implacable fracas de l'antique machine se répercutait dans la pièce. Tommy sortit sur la terrasse.

Il y régnait une obscurité totale à laquelle il dut attendre que ses yeux s'habituent. Au bout d'un moment, il distingua les sacs d'engrais, le fauteuil bancal et, au milieu, la caisse grillagée entourée de tas de terre et d'herbe.

Jetant un coup d'œil dans la pièce, il vit Billings toujours absorbé dans sa tâche. Il avait drapé sa veste bleue sur le dossier de sa chaise et travaillait en gilet, les manches retroussées.

Tommy s'accroupit près de la caisse, tira la boîte à cigares vide de sous son blouson et l'ouvrit par terre. Ensuite il agrippa le grillage, le libéra des clous qui le maintenaient en place et le rabattit vers l'arrière. De petits cris d'appréhension s'élevèrent, et une débandade affolée s'ensuivit parmi les herbes sèches. Tommy tâtonna entre les plants ; ses doigts se refermèrent sur une minuscule créature qui se tortillait, folle de terreur. Il la laissa tomber dans la boîte, et répéta l'opération. Lorsqu'il les eut tous attrapés, il referma la boîte à cigares et la replaça sous son blouson. Puis il s'empressa de retourner à l'intérieur.

Billings leva vaguement les yeux de son bureau, un stylo dans une main, des papiers dans l'autre. « Tu voulais me parler ? » marmonna-t-il en remontant ses lunettes sur son nez.

Tommy fit non de la tête. « Je dois partir.

— Déjà ? Mais tu viens juste d'arriver !

— Je dois partir, répéta-t-il en ouvrant la porte d'entrée. Bonsoir. »

Billings se frotta l'arête du nez, le visage creusé par la fatigue. « Comme tu voudras, petit. Peut-être te reverrai-je avant mon départ. » Et il se remit à l'ouvrage, martelant laborieusement les touches, les épaules voûtées par la lassitude.

Une fois la porte refermée, Tommy dégringola jusqu'en bas. La boîte à cigares tressautait contre sa poitrine. Tous les neuf. Il les avait tous les neuf ! Maintenant, ils étaient à lui. Et il n'y en avait pas d'autre au monde. Son plan avait fonctionné à la perfection.

Il fila chez lui aussi vite que le lui permettaient ses petites jambes.

Dans le garage, il retrouva la vieille cage où il avait jadis élevé des souris. Il la nettoya, la monta dans sa chambre, garnit le fond de papier, y plaça un peu de sable ainsi qu'un récipient plein d'eau. Cela fait, il y renversa le contenu de la boîte à cigares.

Les neuf petites silhouettes vinrent se blottir les unes contre les autres au centre de la cage ; on aurait dit un petit paquet rose. Tommy referma la porte et la fixa solidement. Enfin il posa le tout sur la commode et attira une chaise pour observer ce qui se passait.

Non sans hésitation, les neuf êtres commencèrent à explorer les lieux. Fasciné, Tommy sentit son cœur battre sous le coup d'une vive excitation. Il avait réussi à les prendre à Billings, et désormais, ils étaient à lui. D'autant que Billings ignorait comment il s'appelait, et à plus forte raison où il habitait.

Ils étaient en train de se parler. Leurs antennes s'agitaient frénétiquement, comme celles des fourmis. L'un d'eux s'approcha du bord de la cage et se colla au grillage, scrutant la pièce. Un autre le rejoignit, une femelle. Ils étaient nus. Cheveux mis à part, ils étaient roses et lisses.

Tommy se demanda ce qu'ils mangeaient. Il descendit à la cuisine chercher dans le grand réfrigérateur de la viande hachée et du fromage auxquels il ajouta des miettes de pain, des feuilles de laitue effilochées et une soucoupe de lait.

Ils se régalèrent du lait et du pain, mais ne touchèrent pas à la viande. Quant aux feuilles de laitue, ils entreprirent d'en faire de petites huttes.

Tommy était captivé. Il les observa à nouveau le lendemain matin avant d'aller à l'école, puis à l'heure du déjeuner, et toute la fin de l'après-midi, jusqu'au dîner.

« Qu'est-ce que tu trafiques là-haut ? questionna son père à table.

— Rien.

— Tu n'as pas ramené un serpent au moins ? s'inquiéta sa mère. Parce que je te préviens...

— Non, maman, fit Tommy en secouant la tête et en baissant les yeux sur son assiette. Ce n'est pas un serpent. »

Dès qu'il eut fini de manger, il courut dans sa chambre.

Les petites créatures avaient achevé leurs huttes en laitue, et certaines étaient cachées à l'intérieur. D'autres déambulaient dans la cage, furetant un peu partout.

Le gamin s'installa face à la commode et les regarda faire. Ils étaient sacrement dégourdis, bien plus que les souris blanches qu'il avait eues. Et plus propres aussi : ils faisaient dans le sable qu'il avait disposé au fond de la cage. Oui, ils étaient malins... et relativement apprivoisés.

Au bout d'un temps, Tommy alla fermer la porte de sa chambre. Puis, retenant son souffle, il ouvrit la cage et attrapa un des petits hommes. Il retira alors sa main qu'il ouvrit prudemment. La créature se cramponna à sa paume, regardant alternativement le vide et l'enfant, les antennes en émoi.

« N'aie pas peur », dit Tommy.

Le petit homme se releva avec circonspection, et marcha en direction du poignet de l'enfant. Il grimpa prudemment le long du bras en jetant des coups d'œil de chaque côté, jusqu'à atteindre l'épaule, où il s'arrêta pour regarder le garçonnet bien en face.

« Tu es drôlement petit », fit Tommy. Il en sortit un autre de la cage et les posa tous les deux sur le lit. Longtemps ils en arpentèrent le dessus. D'autres s'étaient échappés et observaient timidement la scène depuis le haut de la commode. L'un d'eux découvrit le peigne, qu'il examina en tirant sur les dents. Un autre le rejoignit, et ils conjuguèrent leurs efforts mais sans succès.

« Qu'est-ce que vous voulez faire ? » demanda l'enfant.

Puis ils abandonnèrent et se rabattirent sur une pièce de monnaie que l'un d'entre eux réussit à mettre sur la tranche et à faire rouler. La pièce prit de la vitesse et fila vers le bord de la commode, poursuivie par les petits hommes consternés, et finit par tomber par terre.

« Faites attention ! » lança Tommy. Il ne tenait pas à ce qu'il leur arrive quelque chose. Il avait trop de projets en tête. Il ne devrait pas être très difficile de leur faire faire quelques tours, comme les puces qu'il avait vues une fois au cirque. Tirer de petites charrettes, faire de la balançoire miniature, glisser sur des toboggans modèle réduit, ce genre de chose. Du moment qu'ils y arrivaient tout seuls. Il les dresserait, puis il ferait payer l'entrée à ceux qui voudraient les voir à l'œuvre.

Pourquoi ne pas les emmener en tournée ? Il pouvait même faire parler de lui dans le journal. Des idées de toutes sortes affluaient. Les perspectives étaient infinies. Mais il fallait y aller doucement, faire preuve de prudence.

Le lendemain, il en amena un à l'école, dans un pot de confiture dont il avait percé le couvercle de trous pour le laisser respirer. À la récréation, il le montra à Dave et Joan Grant qui restèrent médusés.

« Où tu as eu ça ? demanda Dave.

— C'est mon affaire.

— Tu me le vends, ton truc ?

— Ce n'est pas un *truc*. C'est un être vivant.

— Il est tout nu, dit Joan en rougissant. Tu devrais quand même lui mettre des vêtements.

— Tu peux leur en fabriquer ? J'en ai huit autres comme ça. Quatre hommes et quatre femmes. »

Joan était tout excitée. « Facile... si tu m'en donnes un.

— Tu peux courir ! Ils sont à moi.

— D'où ils viennent ? Qui les a faits ?

— Ça te regarde pas. »

Joan confectionna quand même des habits pour les quatre femmes : des jupes et des chemisiers miniature. Lorsque Tommy mit les habits dans la cage, les créatures s'en approchèrent avec hésitation, l'air de ne pas savoir qu'en faire.

« Je crois qu'il faut leur montrer, fit Joan.

— Ça va pas, non ?

— Bon, je m'en charge. » La fillette attrapa une des femmes, qu'elle revêtit avec d'infinies précautions. Puis elle la reposa dans la cage. « Maintenant, on va voir ce qui se passe. »

Les autres se rassemblèrent autour de la femme habillée et se mirent à pincer le tissu non sans curiosité. Bientôt elles entreprirent de se partager les vêtements restants, chemisiers pour les unes, jupes pour les autres.

Tommy fut pris de fou rire. « Ça ne serait pas plus mal de faire aussi des pantalons pour les hommes. Comme ça, tout le monde sera complètement habillé. »

Il en saisit deux qu'il laissa aller et venir sur son bras.

« Fais attention, le prévint Joan. Tu vas les perdre. Ils vont s'enfuir.

— Ils sont apprivoisés. Ils ne risquent pas de s'en aller. Attends, je vais te montrer. » Il les posa par terre. « On a un jeu. Regarde.

— Un jeu ?

— Ils vont se cacher, et il faut que je les trouve. »

Les créatures décampèrent, à la recherche d'un endroit où se dissimuler. Bientôt, elles eurent disparu. Tommy se mit à avancer à quatre pattes, regardant sous la commode, sur les couvertures. Tout à coup, on entendit un cri aigu. Il venait d'en trouver un.

« Tu vois ? Ils adorent ça. » Il les rapporta un par un dans la cage. Le dernier avait été difficile à trouver ; il s'était tapi dans un des tiroirs de la commode, tout au fond d'un sac de billes.

« Ils sont malins, constata Joan. Allez, s'il te plaît, donne-m'en un, un seul.

— Pas question, répondit catégoriquement Tommy. Ils sont à moi, et je ne veux en donner aucun. À *personne* ! »

Il revit Joan le lendemain, à la sortie de l'école. Elle avait cousu de petits pantalons et de petites chemises pour les hommes.

« Tiens. J'espère que ça leur ira.

— Merci », fit Tommy en fourrant les minuscules vêtements dans sa poche.

Ils coupèrent par le terrain vague. À l'autre bout, ils tombèrent sur Dave Grant et d'autres gamins, accroupis en cercle, en train de jouer aux billes.

« Qui est-ce qui gagne ? demanda Tommy.

— Moi, répondit Dave sans lever les yeux.

— Je veux jouer aussi, fit Tommy en se baissant, la main tendue. Prête-moi ton agate. »

Dave secoua la tête. « Tire-toi. »

Tommy lui donna une bourrade sur le bras. « Allez, quoi ! Juste un coup ! » Puis il réfléchit et dit : « Tu sais quoi... »

Brusquement, une ombre les engloba. Tommy leva les yeux et devint blême. Appuyé sur son parapluie dont la pointe de métal s'enfonçait dans le sol meuble, Edward Billings le regardait sans rien dire. Son visage marqué par les ans se creusait de rides profondes, ses yeux étaient comme deux pierres bleu pâle.

Lentement, Tommy se releva. Le silence s'était fait parmi les enfants. Certains d'entre eux ramassaient leurs billes avant de détaler.

« Qu'est-ce que vous voulez ? » demanda Tommy d'une voix presque inaudible tant elle était enrouée. Il se sentait comme perforé par le regard glacial de Billings.

« C'est toi qui les as pris. Il faut me les rendre. Tout de suite. » Sa voix était rude, atone. Il tendit la main. « Où sont-ils ?

— De quoi vous parlez ? bredouilla Tommy en reculant. Je ne comprends pas.

— Du projet. C'est toi qui *les* as volés. Je veux que tu me *les* rendes.

— Je n'ai rien volé du tout. Qu'est-ce que vous racontez ? »

Billings se tourna vers Dave Grant. « C'est bien lui dont tu m'as parlé, n'est-ce pas ? »

Dave fit signe que oui. « Je les ai vus. Ils sont dans sa chambre. Il ne laisse personne s'en approcher.

— Tu es venu me les voler. *Pourquoi ?* » Billings s'avança vers Tommy d'un air menaçant. « Pourquoi les as-tu pris ? Que veux-tu en faire ?

— Vous êtes fou. » La voix du gamin tremblait. Dave Grant ne disait rien ; penaud, il regardait ailleurs. « C'est un mensonge », lança Tommy.

Billings l'empoigna. Ses mains froides et noueuses se refermèrent sur les épaules de l'enfant. « Rends-les-moi ! Il me les faut. J'en suis responsable.

— Lâchez-moi, fit Tommy en se dégageant d'un

coup sec. Je ne les ai pas sur moi. » Il retint son souffle. « Enfin, je veux dire...

— Donc tu les as. Chez toi. Dans ta chambre. Apporte-les-moi. Va les chercher. Tous les neuf. »

Tommy enfouit ses mains dans ses poches. Il reprenait un peu courage. « Je ne sais pas trop, fit-il. Qu'est-ce que vous me donnez en échange ? »

Les yeux de Billings lancèrent des éclairs ; il leva un bras menaçant. « Tu vas voir, espèce de petit... »

Tommy fit un écart en arrière. « Vous ne pouvez pas m'obliger à vous les rendre. Vous n'avez aucun contrôle sur nous. » Le gamin eut un rire effronté. « C'est vous-même qui l'avez dit. Nous échappons à votre pouvoir. Je vous ai entendu le dire. »

Les traits de Billings s'étaient durcis. « Je vais les reprendre. Ils sont à moi.

— Si vous essayez de les reprendre, j'appelle la police. Et mon père avec. »

Billings agrippa son parapluie mais se contenta d'ouvrir et de refermer sa bouche, le visage vilainement empourpré. Ni lui ni Tommy ne soufflèrent mot. Les autres gosses les observaient en ouvrant de grands yeux effrayés.

Soudain, une lueur éclaira le visage du vieil homme. Il se pencha sur le cercle grossièrement tracé dans la terre et qui contenait les billes. Ses paupières battirent. « Écoute, je te fais une proposition... Je te les joue aux billes. Si tu gagnes, tu gardes les petits êtres. Si c'est moi qui l'emporte, je les reprends immédiatement. Jusqu'au dernier. »

Tommy hésita ; son regard allait de Mr. Billings au cercle sur le sol. « Si je gagne, vous n'essaierez plus jamais de me les reprendre ? Vous me les laisserez pour de bon ?

— Juré.

— Alors d'accord, acquiesça Tommy en s'écartant. Marché conclu. Si vous gagnez, vous les reprenez ; mais si c'est moi, ils sont à moi pour toujours. Vous ne les réclamerez plus.

— Va les chercher tout de suite.

— Entendu. » Et *mon agate aussi*, se dit-il. « Je reviens.

— Je t'attends », dit Mr. Billings, ses grosses mains serrant le manche de son parapluie.

Tommy descendit les marches du perron deux par deux.

Sa mère apparut sur le seuil. « Tu ne vas pas ressortir à cette heure-ci ? Je t'avertis, si tu n'es pas à la maison dans une demi-heure, tu seras privé de dîner.

— Une demi-heure ! » s'écria Tommy en remontant déjà le trottoir à toutes jambes, les mains plaquées contre le renflement de son blouson, là où se trouvait la boîte à cigares agitée de soubresauts. Il courait à perdre haleine.

Stoïque, Billings attendait toujours en bordure du terrain vague. Le soleil était couché. La nuit allait venir. Les enfants étaient rentrés chez eux. Lorsque Tommy s'avança, un vent glacé, hostile, se mit à souffler parmi les herbes folles, faisant claquer les jambes de son pantalon.

« Tu les as ? s'enquit Billings.

— Oui. » Haletant, Tommy s'immobilisa. Il

extirpa lentement la boîte à cigares de sous son blouson, en fit glisser l'élastique et souleva légèrement le couvercle. « Ils sont là-dedans. »

Le souffle rauque, le vieil homme s'approcha. Tommy referma vivement le couvercle et remit l'élastique en place. « Jouons d'abord. » Il posa la boîte sur le sol. « Ils sont à moi — sauf si vous les regagnez. »

Billings battit en retraite. « D'accord. On y va. »

Tommy farfouilla dans ses poches et en sortit une agate qu'il tint comme un trésor. Sous la lumière du crépuscule, la grosse bille rouge et noire luisait, striée d'ocre et de blanc, telle la planète Jupiter. C'était une énorme bille, dure comme le marbre.

« C'est parti », fit le gamin en s'agenouillant. Il traça un cercle approximatif sur le sol et y vida son sac de billes. « Vous en avez ?

— De quoi ?

— Des billes, tiens ! Avec quoi vous allez tirer ?

— Une des tiennes.

— Bon, d'accord. » Tommy lui en lança une. « Ça ne vous fait rien si je commence ? »

Billings acquiesça d'un mouvement de tête.

« Parfait », fit le gamin avec un grand sourire. Il visa avec soin, un œil fermé. Son corps se raidit un instant, bandé comme un arc ; puis il tira. Les billes s'entrechoquèrent en s'éparpillant hors du cercle, jusque dans les herbes. Joli coup. Il ramassa les billes gagnées et les plaça dans son sac en toile.

« C'est à moi ? interrogea Billings.

— Non. Mon agate est encore dans le cercle, fit

Tommy en s'accroupissant à nouveau. J'ai le droit de rejouer. »

Il s'exécuta et, cette fois, remporta trois billes. Son agate était toujours dans le cercle.

« Encore un coup », fit-il en souriant. Il en avait déjà gagné presque la moitié. Il se remit à genoux et visa en retenant sa respiration. Il restait vingt-quatre billes. S'il en touchait quatre de plus, il remporterait la victoire. Encore quatre et...

Il tira. Deux billes sortirent du cercle. Ainsi que son agate... qui alla se perdre dans les herbes.

Il ramassa les deux billes et l'agate. Ça lui en faisait dix-neuf en tout. Il en restait vingt-deux dans le cercle.

« O.K., fit-il à contrecœur. À vous. »

Edward Billings s'agenouilla avec raideur, le souffle court ; il avait du mal à garder son équilibre. Son visage virait au gris. Il fit tourner la bille dans sa main d'un air incertain.

« C'est la première fois que vous jouez, hein ? fit Tommy. Vous ne savez pas comment on la tient, c'est ça ?

— C'est ça.

— On la prend entre le pouce et l'index. » Sous ses yeux, les doigts sans souplesse de Billings laissèrent échapper la bille et la récupérèrent promptement. « On la propulse d'un coup de pouce. Comme ça. Tenez, je vais vous montrer. »

Le gamin saisit les doigts du vieil homme et les replia autour de la bille qui finit par se trouver en place. « Allez-y, reprit Tommy en se redressant. Voyons comment vous vous débrouillez. »

L'homme prit son temps, fixant les billes dans le cercle. Sa main tremblait ; dans l'air humide du soir, on entendait résonner sa respiration rauque. Il jeta un regard à la boîte à cigares posée par terre, puis revint au cercle. Ses doigts bougèrent...

Il y eut un éclair. Un éclair aveuglant. Tommy poussa un cri, porta la main à ses yeux. Tout tournait et tanguait autour de lui. Il perdit l'équilibre et s'affala dans l'herbe humide. Il avait mal à la tête. Il se retrouva assis par terre à se frotter les yeux en secouant la tête, s'efforçant d'y voir clair.

Les derniers éclairs lumineux s'estompèrent peu à peu. Il jeta un regard à la ronde en clignant des paupières.

Le cercle était vide. Plus de billes. Billings les avait toutes eues.

Tommy avança la main. Ses doigts touchèrent quelque chose de chaud. Il fit un bond. C'était un morceau de verre en fusion qui rougeoyait encore. Autour de lui, dans les herbes, d'autres morceaux de verre refroidissaient lentement dans la nuit. Un millier d'éclats d'étoiles luisant d'un éclat faiblissant.

Calmement, Edward Billings se leva et se frotta les mains. « Je ne suis pas mécontent que ce soit fini, s'étrangla-t-il. Je suis trop vieux pour me baisser autant. » Ses yeux se posèrent sur la boîte à cigares. « Maintenant qu'ils vont réintégrer leurs pénates, je vais pouvoir poursuivre ma tâche. » Il se la cala sous le bras puis, récupérant son parapluie, partit en traînant les pieds vers le trottoir qui bordait le terrain vague.

« Au revoir », fit-il en s'immobilisant une seconde. Tommy ne dit rien.

Le vieil homme accéléra l'allure en serrant bien fort la boîte à cigares.

Le souffle court, Billings rentra chez lui, lança son parapluie dans un coin et s'assit à son bureau en posant la boîte devant lui. Il resta là un moment à respirer à fond, les yeux rivés sur le coffret de bois et de carton marron et blanc.

Il avait gagné. Il les avait récupérés. Ils étaient de nouveau à lui. Et juste à temps. La date de remise du rapport approchait.

Billings se débarrassa de son manteau et de son gilet et retroussa ses manches en frissonnant légèrement. Il avait eu de la chance. Le contrôle qu'on pouvait exercer sur le type B avait des limites draconiennes. Théoriquement, ces neuf êtres ne relevaient plus de sa juridiction. C'était bien là le problème, d'ailleurs. Les types A et B avaient réussi à déjouer toute surveillance. Ils s'étaient rebellés, ils avaient enfreint les ordres et donc franchi d'eux-mêmes les limites du projet.

Mais ceux-là, le troisième type, le Projet C... Tout dépendait d'eux, désormais. Il avait failli les perdre, mais il présidait de nouveau à leurs destinées, comme le spécifiaient ses instructions de superviseur.

Billings ôta l'élastique de la boîte et souleva le couvercle avec mille précautions.

Ils en surgirent d'un coup et filèrent les uns à droite, les autres à gauche. Deux files de silhouettes miniatures qui fonçaient tête baissée. L'un sauta du bord du bureau, atterrit sur le tapis et fit un roulé-boulé. Un autre sauta à son tour, puis un troisième.

Billings émergea brusquement de sa paralysie et chercha frénétiquement à les empoigner. Il n'en restait que deux. Il en manqua un mais réussit à saisir l'autre au vol et le serra fermement entre ses doigts. Son acolyte fit volte-face. Il tenait quelque chose. Une écharde. Une écharde arrachée à la paroi intérieure de la boîte à cigares.

Il revint à toutes jambes l'enfoncer dans le pouce de Billings.

Celui-ci laissa échapper un hoquet de douleur. Ses doigts libérèrent le petit être, qui roula sur le dos. L'autre l'aida à se relever et le traîna à demi vers l'extrémité du bureau. Ils sautèrent ensemble.

Billings se pencha et les chercha à l'aveuglette. Ils détalaient à toutes jambes vers la porte de la terrasse. L'un parvint à la prise électrique et se mit à tirer dessus, bientôt rejoint par le second qui lui prêta main-forte. Elle finit par se débrancher et la pièce se retrouva plongée dans l'obscurité.

À tâtons, Billings trouva le tiroir du bureau et l'ouvrit d'un coup sec, répandant son contenu sur le sol. Sa main rencontra bientôt de grosses allumettes, et il en alluma une.

Ils n'étaient plus là ; ils avaient fui sur la terrasse.

Il se rua à leur poursuite. L'allumette s'éteignit. Il en alluma une autre en protégeant la flamme de sa main.

Les créatures avaient atteint la balustrade. Elles

étaient en train de passer par-dessus en s'agrippant au lierre pour disparaître dans la nuit.

Il arriva trop tard. Ils s'étaient enfoncés tous les neuf dans l'obscurité qui régnait en contrebas.

Billings dévala l'escalier qui menait à l'arrière-cour. Arrivé en bas, il fit le tour de la maison à toute vitesse, jusqu'à l'endroit où poussait le lierre.

Rien ne bougeait. Pas le moindre frémissement. Aucun signe de *leur* présence.

Ils avaient réussi à lui échapper. Ils avaient manifestement mis au point un plan d'évasion, qu'ils avaient ensuite appliqué. Deux groupes ayant pour objectif de filer dans des directions opposées dès que le couvercle s'ouvrirait. Le tout parfaitement minuté et exécuté.

Billings remonta chez lui, poussa la porte et s'immobilisa un instant sur le seuil, hébété par le choc.

Ils étaient partis. Le Projet C n'existait déjà plus. Il avait échoué comme les précédents. Selon le même schéma. Rébellion et recherche de l'indépendance. Ils déjouaient toute surveillance et échappaient à tout contrôle. Le Projet A avait influé sur le Projet B, et voilà qu'aujourd'hui la contamination gagnait le Projet C.

Billings se laissa lourdement tomber dans son fauteuil et resta longtemps assis sans bouger, silencieux et pensif, tandis que la vérité lui apparaissait progressivement. Ce n'était pas de sa faute. C'était déjà arrivé — par deux fois. Et cela se reproduirait encore. Chaque projet transmettrait son lot de mécontentement au suivant. Ça n'en finirait jamais, quel que soit le nombre de projets échafaudés puis mis en application. Rébellion, évasion, non-respect du projet.

Au bout d'un moment, Billings attira à lui son gros livre et l'ouvrit à la page où il était resté. Il enleva toute la dernière partie de son rapport. Le récapitulatif. Inutile de mettre au rebut le projet du moment. Un projet en valait un autre. Ils se vaudraient tous, car ils se solderaient tous par le même échec.

Il l'avait su dès qu'il les avait vus. Dès qu'il avait soulevé le couvercle. Ils portaient des vêtements. Comme leurs prédécesseurs bien avant eux.

L'inconnu du réverbère

À cinq heures de l'après-midi, Ed Loyce fit sa toilette, enfila son manteau, coiffa son chapeau, prit sa voiture et traversa la ville pour rallier son magasin de téléviseurs. Il était fourbu. Il avait les épaules et le dos endoloris à force de creuser dans la cave et de transporter la terre dans le jardin à l'aide d'une brouette. Mais pour un homme de son âge — quarante ans — il s'en était bien tiré. Avec l'argent qu'il avait économisé en faisant les travaux lui-même, Janet pourrait s'acheter un nouveau vase ; de plus, l'idée de réparer tout seul les fondations lui plaisait bien.

Le soir tombait. Le soleil déclinant projetait ses rayons obliques sur les gens qui rentraient en toute hâte dans leurs banlieues, les femmes chargées de paquets, les étudiants sortant à flots de l'université, toute cette foule se mêlant aux employés de bureau, aux hommes d'affaires et aux secrétaires sans entrain. Il arrêta sa Packard à un feu rouge, puis redémarra. Le magasin avait ouvert sans lui ; il arriverait juste à temps pour autoriser les vendeurs à rentrer dîner chez eux, vérifier les opérations de la journée et peut-être conclure lui-même quelques affaires. Il longea à faible allure le petit espace vert situé à mi-distance entre les deux bouts de la rue — le square municipal. Il n'y avait pas de place pour se garer devant le magasin, LOYCE TÉLÉVISION — VENTE ET SERVICE APRÈS-VENTE. Il jura à mi-voix et fit brusquement demi-tour sur place avant de longer dans l'autre sens le petit square, avec sa fontaine d'eau potable, son banc public solitaire, et son unique réverbère.

Ledit réverbère attira son attention ; quelque chose y était suspendu. Un paquet sans forme, de couleur sombre, qui se balançait légèrement au gré du vent. Comme un mannequin. Loyce baissa sa vitre. Qu'est-ce que ça pouvait être ? Une quelconque réclame ? Il arrivait que la chambre syndicale des commerçants fasse de la publicité dans le square.

Il fit à nouveau demi-tour et rebroussa chemin. En revenant à la hauteur du square, il concentra toute son attention sur la masse sombre. Non, ce n'était pas un mannequin. Et s'il s'agissait d'une publicité, elle était d'un genre plutôt bizarre. Ses cheveux se hérissèrent sur sa nuque et il déglutit avec peine. Son visage et ses paumes se couvrirent de sueur.

C'était un cadavre. Un cadavre humain.

« Venez vite voir ! s'écria Loyce. Regardez ça ! »

Don Fergusson sortit sans se presser du magasin en boutonnant sa veste à fines rayures d'un air très digne. « Je ne peux tout de même pas planter là mon client, Ed. Il me fait un gros achat.

— Là, vous voyez ? » Dans la pénombre grandissante, Loyce pointa l'index vers le réverbère qui se détachait sur fond de ciel... et ce qui s'y trouvait accroché. « Je me demande depuis combien de temps il est là. » Il était si véhément que sa voix montait dans les aigus. « Mais enfin, qu'est-ce qu'ils ont, tous ces gens ? On dirait qu'ils ne le voient pas ! »

Don Fergusson alluma tranquillement une cigarette. « Ne vous affolez pas, mon vieux. Il doit bien y avoir une raison, sinon il ne serait pas là.

— Une raison ! Mais quelle raison ? »

Fergusson haussa les épaules. « C'est peut-être comme quand la Sécurité routière a exposé une Buick accidentée. Un message adressé aux citoyens. Comment voulez-vous que je le sache ? »

Jack Porter, du magasin de chaussures, vint les rejoindre. « Qu'est-ce qui se passe, les gars ?

— Il y a un cadavre pendu au réverbère, annonça Loyce. J'appelle les flics.

— Ils sont sûrement au courant, rétorqua Potter. Sans ça il ne serait pas là.

— Bon, faut que j'y retourne. » Fergusson reprit la direction du magasin. « Les affaires avant le plaisir. »

Loyce s'énervait de plus en plus. « Mais enfin, vous le voyez, n'est-ce pas ? C'est un mort ! Un pendu !

— Mais oui, Ed. Je l'avais déjà vu cet après-midi en allant prendre un café.

— Tu veux dire qu'il a été là tout l'après-midi ?

— Ben oui. Et alors ? » Potter consulta sa montre. « C'est pas tout, mais il faut que j'y aille. À une autre fois, Ed. »

Potter alla prestement se joindre à la cohorte de passants qui défilaient tous devant le square sans réagir à la présence du cadavre, si ce n'est pour lui jeter un regard curieux au passage. Personne ne s'arrêtait. Personne ne semblait s'en émouvoir.

« Je suis en train de perdre la boule », murmura Loyce. Il se fraya un passage jusqu'au bord du trottoir puis s'engagea sur la chaussée, au milieu des voitures. Des coups d'avertisseur irrités le rappelèrent à l'ordre. Il atteignit enfin le trottoir opposé et pénétra dans le petit square.

Le pendu était un homme entre deux âges, au complet gris lacéré et maculé de boue séchée. C'était un étranger à la ville. Loyce ne l'avait jamais vu ; pas quelqu'un du coin. Il tournoyait doucement et silencieusement sur lui-même dans la brise du soir, la tête de travers. Il était couvert de plaies et d'entailles marquées par de larges traces de sang coagulé. Une paire de lunettes à monture métallique pendait stupidement à l'une de ses oreilles. Ses yeux étaient exorbités. Sa bouche béante laissait voir une grosse langue bleuâtre.

« Quelle horreur ! » souffla Loyce avec un haut-le-cœur. Il réprima sa nausée et ressortit du square, tremblant de répulsion — et aussi de peur.

Pourquoi avait-on fait cela à cet homme ? Et qui était-il ? Que faisait-il pendu là ? Que signifiait tout ceci ?

Et surtout, pourquoi les autres paraissaient-ils si peu troublés par sa présence ?

Il heurta un petit homme qui avançait à pas pressés sur le trottoir. « Hé ! pouvez pas faire attention ! » grinça l'homme. Puis il reconnut Loyce. « Ah ! c'est vous, Ed. »

Loyce acquiesça, hébété. « Salut, Jenkins.

— Qu'est-ce qui vous arrive ? » L'employé de la papeterie prit Loyce par le bras. « Vous avez l'air malade.

— Le pendu, là, dans le square...

— Mais oui, Ed, c'est ça. » Jenkins le reconduisit vers l'entrée de son magasin. « Ne vous en faites donc pas. »

Margaret Henderson, de la bijouterie, s'approcha. « Quelque chose ne va pas ?

— C'est Ed qui ne se sent pas bien. »

Loyce se libéra brusquement de son étreinte. « Mais enfin, comment pouvez-vous rester là comme si de rien n'était ? Vous ne voyez pas ? Bon sang, mais... !

— De quoi parle-t-il ? s'enquit nerveusement Margaret.

— Mais du cadavre ! cria Ed. Du cadavre pendu dans le square ! »

Un attroupement se forma. « Il est malade ? Mais c'est Ed Loyce ! Ça ne va pas, Ed ?

— Le pendu ! » hurla Loyce en se débattant pour se dégager. Il s'arracha enfin aux mains qui le retenaient. « Laissez-moi ! La police ! Il faut prévenir la police !

— Ed...

— Il faudrait appeler un médecin.

— Il est sûrement malade.

— Ou alors il a trop bu. »

Loyce se fraya tant bien que mal un chemin au milieu des badauds. Il trébucha et faillit tomber. Comme dans un rêve, il voyait autour de lui des rangées floues de visages curieux, inquiets, anxieux. Des hommes et des femmes qui s'arrêtaient pour connaître la cause de cette agitation. Il parvint enfin à atteindre son magasin. Il voyait à l'intérieur Fergusson montrer un téléviseur Emerson à un client. Au fond, Pete Foley réglait un nouvel appareil, un Philco. Loyce les appela, affolé. Mais les bruits de la circulation et la rumeur de la petite foule couvrirent sa voix.

« Faites quelque chose ! criait-il. Ne restez pas plantés là ! Secouez-vous ! Ce n'est pas normal ! Il se passe des choses bizarres ! »

Derrière lui, la foule s'écarta respectueusement pour livrer passage à deux robustes policiers qui avançaient vers Loyce d'un air compétent.

« Vous vous appelez comment ? questionna avec calme le flic au calepin.

— Loyce. » Il s'essuya le front avec lassitude. « Edward C. Loyce. Écoutez-moi. Il y a là-bas...

— Et vous habitez où ? » poursuivit le flic.

La voiture de police se faufilait à vive allure dans le flot de la circulation. Loyce s'affaissa sur la banquette, épuisé et désorienté. Puis il inspira par saccades. « 1368, Hurst Road.

— Ici, à Pikeville ?

— Mais oui. » Loyce se redressa avec effort. « Écoutez. Là-bas, dans le square. Suspendu au réverbère...

— Où étiez-vous toute la journée ? demanda le flic qui conduisait.

— Comment ça ? fit Loyce en écho.

— Vous n'étiez pas à votre magasin, si ?

— Non. » Il secoua la tête. « J'étais chez moi. À la cave.

— À la *cave* ?

— Oui. Pour poser de nouvelles fondations. Je faisais un trou pour couler du ciment. Mais pourquoi cette question ? Quel rapport avec... ?

— Il y avait quelqu'un d'autre avec vous ?

— Non. Ma femme était en ville. Mes gosses à l'école. » Loyce regarda les deux flics avec un bref regain d'espoir fou. « Vous voulez dire... du fait que j'étais enfermé à la cave, j'ai raté quelque chose ? Que... l'explication m'a échappé ? Alors que tout le monde est au courant ? »

Après un temps, le flic au calepin répondit : « C'est ça. Vous êtes passé à côté de l'explication.

— Alors c'est officiel ? Ce pendu... c'est *normal* qu'il soit là ?

— En effet. Tout le monde est censé le voir. »

Loyce eut un faible sourire. « Bon sang ! Je crois que j'ai perdu les pédales. J'ai cru qu'il s'était passé quelque chose. Je ne sais pas, moi, un truc comme le Ku Klux Klan. Un acte de violence délibéré. La prise de pouvoir par les communistes ou les fascistes. » Les mains tremblantes, il s'épongea la figure avec sa pochette en soie. « Je suis heureux d'apprendre que c'est normal.

— C'est normal », confirma le flic.

La voiture approchait de l'hôtel de police. Le soleil s'était couché. Les rues s'assombrissaient, prenant un air lugubre. L'éclairage public n'était pas encore allumé.

« Je me sens mieux, poursuivit Loyce. Je me suis drôlement excité. Je me suis même mis dans tous mes états. Mais maintenant que je me rends compte de mon erreur, ce n'est plus la peine de m'emmener. »

Les flics ne répondirent pas.

« Il faut que je rentre au magasin. Pour que mes employés puissent aller dîner. Je suis remis maintenant. Il n'y a plus de problème. Ça ne sert à rien de...

— On n'en a pas pour longtemps, l'interrompit le flic au volant. La procédure... C'est l'affaire de quelques minutes.

— J'espère », marmonna Loyce. La voiture ralentit en arrivant à un feu rouge. « J'ai troublé l'ordre public, hein ? Bizarre, de s'agiter comme ça et de... »

À ce moment-là Loyce ouvrit la portière d'un coup et s'étala sur la chaussée avant de se remettre sur pieds. Il se retrouva entouré de voitures qui redémarraient alors que le feu passait au vert. Il bondit sur le trottoir et se creusa un sillon dans la cohue. Derrière lui il entendit des cris, des bruits de pas précipités.

Ce n'étaient pas de vrais flics. Il l'avait compris

dès le début. Il connaissait tous les policiers de Pikeville. On ne tenait pas un commerce dans une petite ville vingt-cinq ans durant sans connaître tous les flics du coin.

Il ne s'agissait pas de flics... et aucune explication ne lui avait été fournie. Potter, Fergusson, Jenkins : aucun d'eux ne savait ce que le pendu faisait là. Ils ne savaient rien... et ils s'en moquaient complètement. C'était ce point-là le plus étrange.

Loyce se glissa dans une quincaillerie, fonça vers le fond au milieu des vendeurs et des clients estomaqués, puis pénétra dans l'entrepôt et ressortit par la porte de derrière. Après avoir trébuché sur une poubelle, il gravit une volée de marches en ciment, sauta par-dessus une clôture et retomba de l'autre côté, haletant.

Aucun son derrière lui. Il leur avait échappé.

Il se tenait à l'entrée d'une ruelle sombre jonchée de planches, de cartons éventrés et de vieux pneus. Il apercevait la rue à l'autre bout. Un réverbère en train de s'allumer. Des passants. Des magasins. Des enseignes au néon. Des voitures.

Et sur sa droite... le commissariat de police.

Il en était tout près — trop. À côté d'un quai de chargement de magasin d'alimentation s'élevait la façade latérale du palais de justice. Les fenêtres étaient munies de barreaux. C'était donc l'antenne de police. Une grande muraille en béton se dressant dans les ténèbres. Il avait intérêt à ne pas traîner dans les parages. Il devait rester en mouvement, mettre de la distance entre eux et lui.

Eux. Mais qui ça, *eux* ?

Loyce s'avança avec précaution dans la ruelle. Après le poste de police venait l'hôtel de ville, un édifice à l'ancienne au revêtement jaunâtre, avec dorures et poutres apparentes, auquel menait un grand escalier en ciment. Loyce distinguait des rangées de fenêtres obscures correspondant aux bureaux, ainsi que les cèdres et les parterres de fleurs qui encadraient l'entrée.

Mais il y avait autre chose.

Au-dessus de l'hôtel de ville s'élevait verticalement une zone foncée, un cône d'ombre plus dense que la nuit environnante. Un prisme de noirceur qui montait en s'évasant vers le ciel, où il disparaissait.

Loyce tendit l'oreille. Seigneur ! Voilà qu'il entendait quelque chose. Un son qui lui donnait envie de se boucher les oreilles, de fermer son esprit au monde pour ne plus y être soumis. C'était une vibration, un vrombissement lointain et assourdi comme celui d'un essaim géant.

Loyce leva les yeux, pétrifié d'horreur. Cette tache noire en suspension au-dessus de l'hôtel de ville... D'un noir si dense qu'elle semblait faite de matière. Et à l'intérieur, un tourbillon d'innombrables formes palpitantes qui descendaient du ciel en s'immobilisant momentanément au-dessus de la mairie, avant de s'agglutiner silencieusement sur le toit.

Ces formes tombant du ciel par une brèche de ténèbres coiffant l'hôtel de ville... c'était *eux*.

Loyce observa longuement le spectacle, tapi dans une flaque d'eau écumeuse derrière une palissade affaissée.

Ils atterrissaient par petits groupes sur le toit de l'hôtel de ville avant de disparaître à l'intérieur de l'édifice. Ils avaient des ailes. Une espèce d'insectes géants. Ils voletaient de-ci, de-là, puis se déplaçaient latéralement, comme des crabes, pour finalement pénétrer dans le bâtiment.

Loyce en avait la nausée. Mais en même temps, cette vision le fascinait. Le vent froid lui donnait des frissons. Il était las, hébété par le choc. Sur les marches de la mairie se tenaient quelques personnes, sans compter celles qui en sortaient par petits groupes et y faisaient une brève halte avant de continuer leur chemin.

Y avait-il d'autres créatures que celles qu'il avait déjà vues ?

La chose paraissait impossible. Celles qu'il voyait descendre du gouffre noir n'étaient pas des humains. C'était des créatures venues d'ailleurs, d'un autre monde ou d'une autre dimension. Des intrus qui s'introduisaient sur Terre en se glissant par une espèce de fissure, une rupture dans la coque de l'univers.

Sur les marches de la mairie, un groupe d'hommes se sépara. Plusieurs se dirigèrent vers une voiture garée à proximité. Un autre fit mine de rentrer dans l'hôtel de ville, puis se ravisa et fit demi-tour pour emboîter le pas aux autres.

Saisi d'horreur, Loyce ferma les yeux. Un vertige s'empara de ses sens. Il se retint à la palissade branlante. Car la créature, l'être à forme d'homme avait brusquement déployé ses ailes avant de prendre son essor pour rejoindre les autres. Elle avait gagné le bord du trottoir à tire d'ailes pour se poser à leurs côtés.

Ce n'étaient que des pseudo-humains. Des imitations. Des insectes ayant la faculté de se déguiser en humains. Simulacre protecteur. Mimétisme, comme chez certains insectes terrestres.

Loyce se détourna et se remit lentement debout. Il faisait nuit noire. La ruelle était complètement obscure. Mais... peut-être étaient-*ils* capables de voir dans le noir. Peut-être les ténèbres ne faisaient-elles aucune différence pour eux.

Il sortit de la ruelle à pas prudents et déboucha dans la rue. Il y avait toujours des gens qui passaient, mais moins qu'avant... Quelques attroupements aux arrêts d'autobus. Un autobus pesant arrivait justement en faisant ronfler son moteur, ses phares perçant la nuit.

Loyce se mêla aux passagers qui y montaient et, quand le bus fit halte, il alla s'installer à l'arrière, près de la sortie. L'instant d'après, le bus redémarra à grand bruit.

Loyce se détendit un peu. Il examina les voyageurs qui l'entouraient. Des visages ternes et fatigués. Des travailleurs rentrant chez eux. Des gens tout ce qu'il y avait de plus ordinaire. Nul ne lui prêtait attention. Ils étaient tous silencieusement enfoncés dans leurs sièges, secoués par les cahots.

Son voisin déplia un journal et entreprit de lire les pages sportives en remuant les lèvres sans bruit.

Un homme comme les autres. Complet marine, cravate. Un cadre ou un représentant allant retrouver femme et enfants.

De l'autre côté de l'allée centrale, une jeune fille d'une vingtaine d'années. Les yeux marron, les cheveux bruns, elle avait un paquet posé sur les genoux. Bas nylon, escarpins, manteau rouge et pull angora blanc, elle regardait dans le vague.

Un lycéen en jean et blouson noir.

Une grosse dame à triple menton tenant un énorme sac à commissions plein de paquets divers et dont les traits étaient comme ternis par l'épuisement.

Des gens comme tout le monde. De ceux qui regagnaient leur domicile en bus tous les soirs. Pour dîner en famille.

À ceci près que leur esprit était mort. Ils étaient contrôlés, masqués par des extraterrestres qui étaient venus prendre possession d'eux, de leur vie, de la ville tout entière. Et de lui aussi. Sauf que par hasard, il leur avait échappé parce qu'au moment de l'invasion, il était à la cave et non au magasin. Ils l'avaient en quelque sorte manqué. Ce qui signifiait que leur emprise n'était pas à toute épreuve.

Peut-être n'était-il pas le seul à avoir été épargné.

Un sursaut d'espoir naquit en lui. Les envahisseurs n'étaient pas tout-puissants. Ils avaient commis une erreur en le laissant libre. Le filet qu'ils avaient tendu ne s'était pas refermé sur lui. Il était ressorti de sa cave tel qu'il y était descendu. Apparemment, l'étendue de leurs pouvoirs était tout de même limitée.

Quelques rangées plus loin, un homme l'observait. Le cours de ses réflexions s'interrompit. C'était un homme mince, avec des cheveux noirs et une petite moustache. Bien mis — costume marron et souliers vernis, un livre entre ses mains fines. Il dévisageait intensément Loyce mais se hâta de se détourner quand leurs regards se croisèrent.

Loyce se figea. Était-ce l'un d'entre *eux* ? Ou bien un individu comme lui — qui avait été épargné ?

L'homme le regardait à nouveau. Ses petits yeux sombres étaient vifs et futés. Rusés, même. Ce devait être quelqu'un de trop rusé pour *eux* — à moins qu'il ne fasse partie des envahisseurs, des insectes venus d'ailleurs.

Le bus s'arrêta. Un vieillard y grimpa lentement, inséra son jeton dans la boîte et longea le couloir central pour aller s'asseoir en face de Loyce.

Au passage, son regard rencontra celui de l'homme aux yeux vifs. Durant une fraction de seconde, un contact s'établit entre eux.

Un contact riche de signification.

Loyce se leva. Le bus s'ébranlait. Il courut vers la porte, descendit une marche et actionna le bouton d'ouverture d'urgence. Les volets de caoutchouc s'écartèrent d'un coup.

« Hé là ! cria le conducteur en freinant brusquement. Qu'est-ce que... ? »

Loyce se faufila par l'ouverture. Le bus ralentissait. Des deux côtés la rue était bordée de bâtiments d'habitation ; un quartier résidentiel, avec pelouses et immeubles élevés. L'homme au regard vif s'était également levé et le vieillard et lui s'élançaient sur ses talons.

Loyce sauta à terre. Il heurta violemment la chaussée et roula jusqu'au trottoir. Des vagues de douleur le submergèrent. Puis ce fut une grande marée de ténèbres qu'il tenta de repousser avec l'énergie du désespoir. Il se mit péniblement à genoux, puis glissa à nouveau par terre. Le bus s'était arrêté. Les gens en descendaient.

Loyce tâtonna autour de lui. Ses doigts se refermèrent sur quelque chose. Un gros caillou gisant dans le caniveau. Poussant des grognements de douleur, il se releva tant bien que mal. Une silhouette se profila au-dessus de lui. C'était le voyageur du bus, l'homme aux yeux vifs qui avait un livre à la main.

Loyce lui décocha un coup de pied. L'homme s'écroula, le souffle coupé. Loyce abattit son caillou. L'autre cria en essayant de rouler sur lui-même pour se mettre à l'abri. « *Arrêtez !* Mais arrêtez, bon Dieu ! Écoutez-moi... »

Loyce le frappa encore. Il y eut un craquement affreux. La voix de l'homme s'éteignit dans un gémissement glougloutant. Loyce réussit à se tenir debout et à se redresser. Les autres étaient là, tout autour de lui. Il partit aussi vite qu'il put malgré sa démarche hésitante et s'engagea dans une allée privée. Aucun des passagers ne prit la peine de le suivre. Immobiles, ils se penchaient sur le corps inerte de l'homme au livre.

S'était-il trompé sur son compte ?

Quoi qu'il en soit, il était trop tard pour s'en inquiéter. L'important était de fuir le plus loin possible. De quitter Pikeville et cette faille de ténèbres ouverte entre les deux mondes : le leur et le sien.

« Ed ! » s'exclama Janet Loyce avec un mouvement de recul empreint d'inquiétude. « Qu'est-ce qui se passe ? Pourquoi... ? »

Il claqua la porte d'entrée derrière lui et pénétra dans le séjour. « Baisse les stores. Vite ! »

Janet alla à la fenêtre. « Mais...

— Fais ce que je te dis. Tu es seule ?

— Mais oui. À part les jumeaux, là-haut dans leur chambre. Mais qu'est-ce que tu as ? Tu as l'air complètement retourné. Que fais-tu là si tôt ? »

Loyce verrouilla la porte d'entrée, puis se mit à aller et venir dans la maison avant de se rendre à la cuisine. Il sortit un gros couteau à découper du tiroir sous l'évier et en éprouva le fil du bout du doigt. Il était bien aiguisé.

Ed revint au salon. « Écoute-moi, dit-il. Je n'ai pas beaucoup de temps devant moi. Ils savent que je suis en fuite et ils me recherchent.

— En fuite ? » Le visage de Janet exprimait un mélange de stupeur et de frayeur. « Qui te cherche ?

— Ils ont fait main basse sur la ville. Tout est sous leur contrôle. J'ai compris tout le processus. Ils ont commencé par le haut de l'échelle, la mairie et la police. Et ils ont pris les vrais humains pour en faire des...

— Enfin, qu'est-ce que tu racontes ?

— Nous avons été envahis. Par des créatures d'un autre univers, d'une autre dimension. Des insectes. Ils sont doués de mimétisme. Mais il y a plus. Ils prennent aussi possession des esprits.

— Des esprits ?

— C'est ici même, à Pikeville, qu'ils ont une voie d'accès. Et ils ont pris le contrôle de toute la ville. Je suis le seul à leur avoir échappé. Nous sommes confrontés à un ennemi très puissant, mais ils ont leurs limites. C'est notre seul espoir. Ils ne sont pas omnipotents ! Ils peuvent commettre des erreurs ! »

Janet secouait la tête. « Tu es devenu complètement fou, Ed. Je ne comprends rien à toute cette histoire.

— Fou, moi ? Non. J'ai simplement eu un coup de veine. Si je n'avais pas été à la cave quand c'est arrivé, j'aurais subi le même sort que vous tous. » Loyce jeta un coup d'œil par la fenêtre. « Mais ne restons pas ici à parler. Prends ton manteau.

— Pourquoi ?

— On file en vitesse. On quitte la ville. Il faut aller chercher de l'aide. Combattre ces *choses*. On peut en venir à bout. Ils ne sont pas invincibles. Ce sera de justesse... mais on a une chance d'y arriver si on se dépêche. Grouille-toi ! » Il la saisit par le bras sans ménagement. « Mets ton manteau et appelle les jumeaux. On s'en va tous ensemble. Pas le temps de faire des bagages. On est trop pressés. »

Livide, sa femme alla prendre son manteau dans la penderie. « On s'en va où ? »

Loyce tira le tiroir du secrétaire et en répandit le contenu sur le sol. Il ramassa une carte routière qu'il déplia. « Ils vont surveiller la grand-route, c'est sûr. Mais il reste la route d'Oak Grove. Je l'ai empruntée une fois. Elle est pratiquement abandonnée. Peut-être qu'ils ne penseront pas à elle.

— La vieille route du Ranch ? Tu rêves. Elle est interdite à la circulation.

— Je sais. » Loyce replia la carte et l'enfonça dans sa poche. « Justement, cela joue en notre faveur. Allez, appelle les jumeaux et allons-y. Tu as de l'essence dans ta voiture ? »

Janet semblait frappée d'hébétude. « La Chevy ? Oui, j'ai fait le plein hier après-midi. » Elle se dirigea vers l'escalier. « Ed, tu crois que...

— Dis-leur de descendre ! » Loyce déverrouilla la porte d'entrée et jeta un œil au-dehors. Rien ne bougeait. Nul signe de vie. Pour le moment, tout allait bien.

« Les enfants, venez, appela Janet d'une voix mal assurée. On... sort faire un tour.

— À cette heure-ci ? répondit la voix de Tommy.

— Dépêchez-vous, aboya Loyce. Venez ici tous les deux. »

Tommy apparut en haut de l'escalier. « Mais j'étais en train de faire mes devoirs... On commence les fractions et Miss Parker dit que si nous ne faisons pas nos exercices...

— Laisse tomber les fractions. » Loyce empoigna son fils dès qu'il fut au bas des marches et le poussa vers la porte. « Où est Jim ?

— Il vient. »

À son tour Jim descendit lentement l'escalier. « Qu'est-ce qu'il y a, papa ?

— On va se promener.

— Ah bon ? Où ça ? »

Loyce se tourna vers Janet. « On laisse les lumières allumées. Et tu vas mettre la télé en marche. Comme ça, ils croiront qu'on est encore... »

Ce fut alors qu'il entendit la vibration. Il se baissa aussitôt en brandissant le couteau de cuisine. Horrifié, il *le* vit descendre et chercher à se repérer en battant rapidement des ailes. *Il* ne présentait qu'une vague ressemblance avec Jimmy. C'était un petit, un être pas encore adulte. En une fraction de seconde Loyce le vit s'abattre sur lui en le fixant de ses yeux à facettes au regard froid et parfaitement inhumain. À part les ailes, son corps avait toujours la forme générale de Jimmy, dont il portait le tee-shirt et le blue-jean. Un effet de son don de mimétisme.

Il arriva à sa hauteur et pivota curieusement sur lui-même. Que fabriquait-il donc ?

C'est alors que Loyce aperçut son dard.

Il donna de sauvages coups de poignard en direction de la créature, qui battit en retraite en bourdonnant frénétiquement. Loyce roula au sol et se rapprocha de la porte en rampant. Tommy et Janet étaient comme transformés en statues ; ils tournaient vers la scène un visage parfaitement inexpressif. Loyce repartit à l'attaque. Cette fois le couteau atteignit son but. La chose poussa un cri suraigu et oscilla sur place. Puis elle alla heurter le mur et s'effondra avec une série de battements d'ailes.

Loyce sentit quelque chose monter à l'assaut de son esprit. Un raz de marée d'énergie à l'état brut, la présence d'une intelligence étrangère sondant son cerveau qui le laissèrent paralysé. Ce fut bref, mais violent. Puis cette pulsion mentale monstrueusement *autre* s'éteignit d'un coup comme la créature se tassait sur le tapis.

Elle était morte. Il la retourna du pied. C'était bien un insecte, une sorte de gigantesque mouche en jean et tee-shirt jaune. Son fils Jimmy... Il ferma son esprit à cette pensée. Trop tard. Rageur, il ramassa son couteau d'un geste et se tourna vers la porte. Janet et Tommy étaient figés dans la même position.

Plus question de prendre la voiture. Il n'aurait aucune chance de passer. *Ils* le guetteraient à chaque tournant. Or, à pied, cela représentait quinze kilomètres ; quinze longs kilomètres sur un terrain accidenté et creusé de ravines, avec alternance de champs dégagés, de hauteurs et de bois non débroussaillés. Il allait devoir partir seul.

Loyce ouvrit la porte. L'espace d'une seconde, il se retourna pour regarder une dernière fois sa femme et son fils. Puis il claqua le battant derrière lui et dévala les marches.

Aussitôt il se mit en route, se faufilant hâtivement dans les ténèbres en direction de la périphérie de la ville.

Le soleil matinal était aveuglant. Loyce fit halte ; à bout de souffle, il oscillait d'avant en arrière tant il était exténué. La sueur lui coulait dans les yeux. Ses vêtements avaient été déchiquetés par les taillis où il s'était coulé. Quinze kilomètres à ramper dans la nuit. Ses chaussures étaient encroûtées par la boue. Il était couvert d'égratignures et il boitait.

Mais devant lui s'étendait Oak Grove.

Il inspira à fond et entama la descente du flanc de colline. À deux reprises il trébucha et tomba, mais toujours il se relevait et continuait sa laborieuse progression. Ses oreilles carillonnaient. Tout se brouillait dans son champ de vision. Mais ça y était : il avait réussi. Il s'était enfui de Pikeville.

Dans un champ, un paysan le considéra bouche bée. Devant une maison, une jeune femme l'observa, éberluée. Loyce atteignit la route. Un peu plus loin, il voyait une station-service et un restoroute avec plusieurs camions garés devant, des poules picorant la terre battue et un chien attaché par une corde.

Le pompiste en tenue blanche le regarda d'un air soupçonneux approcher en traînant les pieds. Loyce s'appuya contre un mur en lâchant dans un souffle : « Enfin ! J'y suis arrivé. Je n'y croyais plus. Ils m'ont poursuivi presque tout le long. Je les entendais bourdonner et voleter derrière moi.

— Qu'est-ce qui vous est arrivé ? interrogea le pompiste. Vous avez eu un accident de voiture ? Vous avez été pris dans un hold-up ? »

Loyce secoua la tête avec lassitude. « Ils tiennent

toute la ville. La mairie, le poste de police... Ils ont pendu quelqu'un à un réverbère. C'est ça qui a attiré mon attention au départ. Ils ont barré toutes les routes. Je les ai vus planer au-dessus des voitures qui arrivaient. À quatre heures du matin j'ai réussi à passer de l'autre côté de leur barrage. Je m'en suis rendu compte tout de suite. Je les sentais s'en aller tout autour de moi. Et c'est à ce moment-là que le soleil s'est levé. »

Le pompiste s'humecta nerveusement les lèvres. « Vous n'êtes pas dans votre état normal. Je vais appeler un médecin.

— Conduisez-moi à Oak Grove, haleta Loyce avant de s'effondrer sur le gravier. Il faut s'y mettre tout de suite. S'en débarrasser. Pas une minute à perdre. »

Tout le temps qu'il parla, ils laissèrent tourner le magnétophone. Quand il eut terminé, le Commissaire arrêta l'engin et se leva. Il resta un moment perdu dans ses pensées, puis sortit de sa poche un paquet de cigarettes et en alluma une lentement, son visage rougeaud plissé par le souci.

« Vous ne me croyez pas », fit Loyce.

Le Commissaire lui tendit son paquet de cigarettes mais il refusa avec un geste d'impatience.

« Comme vous voudrez », dit le Commissaire avant d'aller se planter un bon moment devant la fenêtre sans rien dire, contemplant la bourgade d'Oak Grove. « Si, je vous crois », finit-il par lâcher sans crier gare.

Loyce s'affaissa sur son siège. « Dieu soit loué.

— Alors comme ça, vous êtes passé entre les mailles du filet. » Le Commissaire secoua la tête. « Parce que vous étiez à la cave et non sur votre lieu de travail. Un hasard extraordinaire. Une chance sur un million. »

Loyce but quelques gorgées du café noir qu'on lui avait apporté. « J'ai mon idée, murmura-t-il.

— Sur quoi ?

— Sur *eux*. Ce qu'ils sont. Ils prennent possession d'une zone à la fois. Ils commencent par le sommet, à l'échelon le plus élevé de la hiérarchie locale. Et puis ils se répandent de haut en bas par cercles concentriques de plus en plus étendus. Quand ils tiennent fermement une ville tout entière, ils passent à la suivante. Ils se répandent lentement, très progressivement. Peut-être cela dure-t-il depuis longtemps déjà.

— C'est-à-dire ?

— Des milliers d'années. Je ne crois pas que ce soit un phénomène récent.

— Qu'est-ce qui vous fait dire ça ?

— Quand j'étais petit... Je me souviens d'une image qu'on nous avait montrée au catéchisme. Une vieille gravure religieuse. Elle montrait les dieux ennemis vaincus par Jéhovah : Moloch, Belzébuth, Moab, Baal, Astaroth...

— Et alors ?

— Ils étaient tous représentés sous des formes matérielles. » Loyce leva les yeux vers le policier. « Et Belzébuth avait l'aspect... d'une mouche géante. »

Le Commissaire émit un grognement. « Un combat qui n'est donc pas d'aujourd'hui.

— Mais ils ont été battus. La Bible rend compte de leurs défaites successives. Il leur est arrivé d'avoir le dessus... mais en fin de compte, ils n'ont pas remporté la victoire.

— Pourquoi ont-ils été vaincus ?

— Parce qu'ils ne peuvent pas s'emparer de *tous* les individus. C'est ainsi que, moi, ils n'ont pas réussi à m'avoir. Et à l'époque, ils n'ont pas pu venir à bout des Hébreux. Ceux-ci ont alors transmis au reste du monde le message, la nouvelle du danger. Ces deux hommes dans l'autobus... Je crois qu'eux aussi avaient compris. Ils *leur* avaient échappé comme moi. » Il serra les poings. « Dire que j'en ai tué un. J'ai commis une terrible méprise. Mais j'avais trop peur pour courir le risque. »

Le Commissaire hocha la tête. « Oui, ils étaient sans doute passés à travers, tout comme vous. Par un hasard extraordinaire. Mais tout le reste de la ville était sous leur coupe. » Il se détourna de la fenêtre. « Ma foi, Mr. Loyce. Il semble que vous ayez tout compris.

— Non. Il reste le pendu. L'inconnu du réverbère. Là, je ne comprends pas. *Pourquoi* avoir fait ça ? Pourquoi l'avoir pendu là exprès, au vu et au su de tout le monde ?

— La réponse me paraît assez simple. » Le commissaire eut un petit sourire. « Pour servir d'*appât.* »

Loyce se raidit. Son cœur manqua un battement. « Qu'est-ce que vous voulez dire ?

— Pour vous obliger à vous manifester. Pour que vous sortiez de la clandestinité. Pour savoir qui avait échappé à leur contrôle. »

Loyce se recroquevilla d'horreur. « Mais alors, c'est qu'ils *s'attendaient* à rencontrer un certain nombre d'échecs ! Ils avaient prévu que... » Il s'interrompit. « Ils avaient préparé un piège.

— Et comme prévu, vous avez réagi. Vous vous êtes démasqué. » Le policier prit subitement la direction de la porte. « Venez maintenant, Loyce. On a du pain sur la planche. Mettons-nous en route. Il n'y a pas de temps à perdre. »

Comme engourdi, Loyce se mit debout avec lenteur. « Et l'homme en question ? *Qui était-il*, cet inconnu du réverbère ? Je ne l'avais jamais vu. Il n'habitait pas la ville. Couvert de poussière et de boue, le visage balafré... »

Le commissaire riva sur lui un regard indéchiffrable et répondit doucement : « Peut-être allez-vous comprendre *aussi* cela maintenant. Venez avec moi, Mr. Loyce. » Il lui tint la porte ouverte, les yeux brillants. Loyce entrevit la rue devant le poste de police. Il aperçut des agents en uniforme, une sorte d'estrade. Ainsi qu'un poteau téléphonique... et une corde ! « Par ici », fit le commissaire avec un sourire glacial.

Au coucher du soleil, le sous-directeur de l'agence de la Banque du Commerce d'Oak Grove remonta de la salle des coffres, en repoussa les lourds verrous, puis mit son manteau et son chapeau et se hâta de sortir à l'air libre. La rue était presque vide ; seuls de rares passants rentraient chez eux d'un pas pressé.

« Bonsoir, monsieur, dit le gardien en refermant la grille de la banque après son passage.

— Bonsoir », murmura Clarence Mason.

Il s'engagea dans la rue où était garée sa voiture. Il se sentait las. Il avait passé toute la journée dans la salle des coffres, à en examiner les plans pour voir s'il y avait la place d'en ajouter une autre rangée. Il était soulagé d'en avoir terminé.

Au carrefour, il s'arrêta. La pénombre régnait dans la rue, l'éclairage public n'étant pas encore allumé. On n'y voyait pas très bien. Il regarda autour de lui... et se figea sur place.

Quelque chose pendait au poteau téléphonique situé devant le commissariat. Une masse informe et volumineuse qui se balançait légèrement au vent.

Qu'est-ce que ça pouvait bien être ?

Mason s'en approcha avec circonspection. Il avait envie de rentrer chez lui. Il avait faim. Il pensait à son épouse, à ses enfants, au dîner bien chaud qui l'attendait. Mais sans savoir pourquoi, il était irrésistiblement attiré par cette chose vaguement hideuse et menaçante. Il faisait trop sombre pour voir de quoi il s'agissait. Mais il n'en était que plus incité à s'avancer pour mieux l'examiner. Cette forme mal définie le mettait mal à l'aise. Elle lui inspirait de la peur... et en même temps une certaine fascination

Le plus étrange, c'était que personne d'autre ne semblait en remarquer la présence.

Un cadeau pour Pat

« Alors, qu'est-ce que c'est ? demanda avidement Patricia Blake.

— De quoi parles-tu ?

— De ce que tu m'as rapporté ! Je suis sûre que tu m'as rapporté quelque chose. » Sa poitrine palpitait d'excitation sous les mailles de son corsage. « Tu m'as ramené un cadeau. Je le sens !

— Chérie, je suis allé sur Ganymède pour le compte de la Terrienne des Métaux, pas pour te trouver des bibelots. Main tenant, laisse-moi déballer mes affaires. Bradshaw attend mon rapport tôt demain matin au bureau. Il dit que j'ai intérêt à signaler de bons gisements. »

Pat saisit la petite boîte que le robot porteur avait déposée avec le monceau de bagages devant la porte. « Des bijoux ? Non, le paquet est trop gros. » Elle entreprit d'arracher la ficelle de ses ongles acérés.

Eric fronça les sourcils, manifestement mal à l'aise. « Ne sois pas déçue, chérie. C'est un truc assez bizarre. Pas du tout ce que tu attends. » Il l'observait avec appréhension. « Ne te mets pas en colère. Je vais t'expliquer. »

Pat ouvrit la bouche, pâlit et reposa vivement la boîte sur la table, les yeux écarquillés d'horreur. « Seigneur ! Mais qu'est-ce que c'est ? »

Eric se tortilla nerveusement. « J'ai fait une bonne affaire, chérie. La plupart du temps on ne peut pas les ramasser soi-même, et les Ganymédiens répugnent à les vendre...

— *Qu'est-ce que c'est* ?

— Un dieu, marmotta Eric. Une divinité mineure de Ganymède. Je l'ai eu presque à prix coûtant. »

Pat considérait la boîte avec crainte et un dégoût croissant. « Ça ? Un... un *dieu* ? »

La boîte contenait un petit être immobile qui pouvait mesurer trente centimètres. Il était vieux, terriblement vieux. Ses petites mains crochues comme des serres se pressaient sur son torse squameux. Sa face d'insecte était contractée par un rictus de colère mêlé de lubricité cynique. Un amas de tentacules lui tenait lieu de membres inférieurs. Le bas de son visage se terminait par un bec complexe à mandibules rigides. Il émanait de lui une odeur de purin et de bière éventée. Il paraissait hermaphrodite.

Prévenant, Eric avait disposé une soucoupe d'eau et un peu de paille dans la boîte, percé des orifices d'aération dans le couvercle et froissé des morceaux de papier journal.

« Tu veux dire que c'est une idole. » Pat reprenait peu à peu ses esprits. « Une idole représentant une divinité.

— Non. » Eric secoua la tête, buté. « C'est un dieu authentique. Il y a une garantie qui va avec, quelque chose comme ça.

— Est-ce qu'il est... mort ?

— Pas du tout.

— Alors pourquoi ne bouge-t-il pas ?

— Il faut d'abord le réveiller. » Le bas-ventre de l'être formait une espèce de bol proéminent qu'Eric tapota. « Mets une offrande ici et il s'anime. Je vais te montrer. »

Pat recula. « Non merci.

— Mais si ! Il a une conversation intéressante. Il s'appelle... » Eric lut les deux mots griffonnés sur la boîte. « Il s'appelle Tinokuknoi Arevulopapo. On a discuté pendant presque tout le voyage. Il était ravi de cette occasion. Et j'en ai pas mal appris sur les dieux. »

Il sortit de sa poche les restes d'un sandwich et roula un bout de jambon qu'il fourra dans le bol ventral du dieu.

« Je vais dans l'autre pièce, dit Pat.

— Mais non, reste là. » Eric la retint par le bras. « Ça ne prend qu'une seconde. Il se met aussitôt à digérer. »

Le bol frémit. Un frisson agita la peau écailleuse du dieu. Enfin la coupe s'emplit d'une substance visqueuse, de couleur sombre. Le jambon commença à se dissoudre.

Pat renifla de dégoût. « Il n'utilise même pas sa bouche ?

— Pas pour manger. Juste pour parler. Il est très différent des formes de vie auxquelles nous sommes habitués. »

Le dieu les fixait sans ciller de son œil unique empreint d'une malveillance glaciale. Les mandibules tressautèrent. « Salutations, dit le dieu.

— Salut. » Eric poussa Pat en avant. « Voici ma femme. Mrs. Blake. Patricia.

— Comment allez-vous ? » grinça le dieu.

Pat émit un cri de désarroi. « Il parle anglais. »

Le dieu se tourna vers Eric, l'air dégoûté. « Vous aviez raison. Elle est vraiment stupide. »

Eric s'empourpra. « Les dieux peuvent faire tout ce qu'ils veulent, chérie. Ils sont omnipotents. »

Le dieu acquiesça. « Exact. Nous voilà donc sur Terre, je présume.

— Oui. Comment trouvez-vous notre planète ?

— Conforme à mon attente. J'avais déjà eu des comptes rendus. On m'avait dit certaines choses sur la Terre.

— Eric, tu es sûr qu'il n'est pas dangereux ? souffla Pat, mal à l'aise. Je n'aime pas son aspect. Ni sa façon de parler. » Un frisson nerveux agita sa poitrine.

« Ne t'en fais pas, chérie, dit son mari avec insouciance. C'est un gentil dieu. J'ai vérifié avant de quitter Ganymède.

— Je suis bienveillant, expliqua nonchalamment le dieu. Je remplissais les fonctions de divinité des Intempéries chez les aborigènes ganymédiens. J'apportais la pluie et les phénomènes naturels apparentés quand les circonstances l'exigeaient.

— Mais tout ça appartient au passé, ajouta Eric.

— Il est vrai. J'ai été divinité des Intempéries pendant dix mille ans. Mais même la patience d'un dieu a ses limites. Je souhaitais ardemment découvrir un environnement nouveau. » Une lueur singulière éclaira son visage répugnant. « Voilà pourquoi je me suis arrangé pour être vendu et apporté sur Terre.

— Tu vois, dit Eric, les Ganymédiens ne voulaient pas le vendre, mais il a déclenché un ouragan pour leur forcer la main, en quelque sorte. C'est en partie pour cela qu'il était si bon marché.

— Votre mari a fait une bonne acquisition », confirma le dieu. Son œil unique erra dans la pièce, curieux. « C'est votre domicile ? Vous mangez et dormez ici ?

— Tout juste, dit Eric. Pat et moi, nous... »

La sonnette de la porte d'entrée retentit. « Thomas Matson attend sur le seuil, annonça la porte. Il désire vous rendre visite.

— Mince ! fit Eric. Ce bon vieux Tom. Je vais le faire entrer. »

Pat désigna le dieu. « Tu ne crois pas que...

— Oh ! non. Je veux que Tom le voie, au contraire. » Eric alla ouvrir.

« Bonjour, lança Tom en pénétrant à grands pas dans la pièce. Salut, Pat. Belle journée. » Il serra la main d'Eric. « Au Labo, on se demandait quand tu rentrerais. Le vieux Bradshaw frétille d'impatience en pensant à ton rapport. » Puis, mû par un intérêt soudain, Matson pencha son corps d'échalas. « Dis donc, qu'est-ce qu'il y a dans cette boîte ?

— Mon dieu, répondit modestement Eric.

— Ah ? Dieu est pourtant un concept non scientifique.

— Il s'agit d'un dieu différent. Je ne l'ai pas inventé. Je l'ai acheté. Sur Ganymède. C'est leur divinité des Intempéries.

— Dites quelque chose, demanda Pat au dieu. Pour que notre visiteur croie ce que dit votre propriétaire.

— Discutons donc de mon existence, ricana le dieu. Vous prenez les arguments contre. D'accord ? »

Matson sourit. « Qu'est-ce que c'est, Eric ? Un petit robot ? Plutôt hideux.

— Je te jure, c'est vraiment un dieu. En chemin, il a même accompli deux ou trois miracles rien que pour moi. Des petits, bien sûr, mais ça a suffi à me convaincre.

— C'est toi qui le dis », fit Matson. Mais l'affaire avait éveillé son intérêt. « Faites-moi un miracle, dieu. Je suis tout ouïe.

— Je ne suis pas une vulgaire attraction foraine, grommela le dieu.

— Ne le mets pas en colère, avertit Eric. Une fois suscités, ses pouvoirs sont sans limite.

— Comment les dieux accèdent-ils à l'existence ? demanda Tom. Se créent-ils eux-mêmes ? S'ils dépendent d'une chose qui leur est antérieure, il doit exister une catégorie d'êtres ultimes qui...

— Les dieux, coupa la petite créature, sont issus d'un niveau ou plan supérieur de réalité. Une dimension plus avancée. Il existe un certain nombre de plans d'existence, de continuums dimensionnels hiérarchisés. Le mien se situe un degré au-dessus du vôtre.

— Alors qu'est-ce que vous faites là ?

— Parfois, les êtres passent d'un continuum dimensionnel à un autre. Et quand ils passent dans un plan inférieur — comme moi — ils sont considérés comme des dieux et adorés en conséquence. »

Tom était déçu. « Vous n'êtes pas du tout un dieu. Juste une forme de vie issue d'un ordre dimensionnel légèrement diffèrent, qui a changé de phase et pénétré dans notre vecteur. »

La petite créature le regarda de travers. « À vous entendre, ça a l'air tout simple. Mais en fait, la transformation exige beaucoup d'habileté et ne se produit que rarement. Je suis venu ici parce qu'un malodorant représentant de mon espèce, un certain Nar Dolk, a commis un odieux méfait et qu'il a fui dans ce continuum-ci. Nos lois m'obligeaient à me lancer aussitôt à sa poursuite. Dans le processus, ce résidu, cette engeance de moiteur s'est échappé et a revêtu une apparence différente. Je n'ai pas cessé de le chercher, mais il n'a pas encore été appréhendé. » Le petit dieu s'interrompit. « Votre curiosité futile m'importune. »

Tom lui tourna le dos. « Pas terrible. On fait mieux que ça au Labo de la Terrienne des Métaux, et... »

Un crépitement suivi d'un éclair à l'odeur d'ozone. Tom Matson poussa un cri aigu. Des mains invisibles le soulevèrent du sol et le propulsèrent vers la porte. Celle-ci s'ouvrit et Matson survola l'allée du jardin pour atterrir pêle-mêle dans les rosiers.

« Au secours ! cria-t-il en tentant tant bien que mal de se relever.

— Ça alors ! souffla Pat.

— Mince ! » Eric jeta un regard au petit être. « C'est vous qui avez fait ça ?

— Aide-le, l'exhorta Pat, toute pâle. Je crois qu'il est blessé. Il a l'air bizarre. »

Eric se précipita dehors pour aider Matson à se relever. « Ça va ? C'est de ta faute, aussi ! Je t'avais bien dit qu'il pourrait t'arriver des ennuis si tu continuais à l'embêter. »

Matson écumait. « Je ne vais pas me laisser traiter comme ça par un foutriquet de petit dieu ! » Il écarta Eric pour rentrer dans la maison. « Je vais l'emmener au Labo, le fourrer dans le formol, le disséquer, l'écorcher et l'épingler au mur. Je serai le premier à avoir eu entre les mains un spécimen de dieu et à l'avoir... »

Une boule de lumière l'enveloppa de telle sorte que, dans sa maigreur, il évoquait un filament dans une ampoule à incandescence.

« Qu'est-ce que... ? » fit tout bas Matson. Tout à coup, il tressaillit. Son grand corps s'effaçait. Il se mit à rétrécir à toute allure avec un léger sifflement. Il rapetissa de plus en plus. Son corps frémissait, en proie à d'étranges altérations.

La lumière s'éteignit d'un coup. Sottement assis sur le trottoir se trouvait un petit crapaud vert.

« Tu vois ? s'exclama Eric. Je t'avais dit de tenir ta langue ! Regarde ce qu'il t'a fait, maintenant ! »

Le crapaud sautilla sans grande vigueur en direction de la maison. Arrivé au pied des marches, il s'immobilisa, vaincu par l'ampleur de la tâche, avant d'émettre un coassement pathétique, complètement désespéré.

Pat implora son mari sur un ton angoissé. « Oh, Eric ! Tu as vu ce qu'il a fait ! Pauvre Tom !

— C'est de sa faute. Il le méritait. » Toutefois, il commençait à s'inquiéter. « Dites, fit-il en s'adressant au dieu. Ce n'est pas une façon de traiter un adulte. Que vont penser sa femme et ses enfants ?

— Oui, que va dire Mr. Bradshaw ? sanglota Pat. Il ne peut pas aller travailler dans cet état !

— Elle a raison », reconnut Eric. Il en appela au dieu. « Je crois qu'il a compris la leçon. Et si vous le retransformiez, hein ?

— Faites-le tout de suite ! cria Pat en serrant ses petits poings. Laissez-le dans cet état et vous aurez toute la Terrienne des Métaux sur le dos. Même un dieu ne peut rien contre Horace Bradshaw.

— Oui, vous devriez le retransformer, dit Eric.

— Ça lui fera les pieds, répondit le dieu. Je vais le laisser tel quel pendant deux ou trois siècles, et..

— Quoi ! explosa Pat. Espèce de sale tas de bave ! » Elle s'avança vers la boîte d'un air menaçant, tremblante de rage. « Écoutez un peu. Vous lui rendez sa forme ou je vous sors de votre boîte et vous flanque dans le broyeur à ordures !

— Retenez-la, dit le dieu à Eric.

— Calme-toi, Pat, supplia ce dernier.

— Rien à faire ! Pour qui se prend-il ? Quand je pense que tu m'en as fait cadeau ! Comment as-tu *osé* introduire chez nous cette ordure putride ? Si c'est ça ton idée de... »

Tout à coup elle se tut.

Eric se tourna avec appréhension. Pat était immobile, la bouche ouverte sur un mot resté en suspens. Elle était blanche de la tête aux pieds, d'un blanc tirant sur le gris qui fit courir des frissons le long de la colonne vertébrale d'Eric. « Dieu du ciel, lâcha-t-il.

— Je l'ai changée en pierre, expliqua le dieu. Elle faisait trop de bruit. » Il bâilla. « À présent, je crois que je vais me retirer. Le voyage m'a un peu fatigué.

— Incroyable », dit Eric Blake. Il secoua la tête, tout engourdi. « Mon meilleur ami métamorphosé en crapaud. Ma femme changée en pierre.

— Eh oui, dit le dieu. On juge les gens en fonction de leur comportement. Ils ont tous deux eu ce qu'ils méritaient.

— Elle... elle m'entend ?

— Je suppose, oui. »

Eric s'approcha de la statue. « Pat, l'implora-t-il. Je t'en prie, ne te mets pas en colère. Ce n'est pas ma faute. » Il saisit les épaules glacées de la statue. « Ne m'en veux pas ! Je n'y suis pour rien. » Le granité était dur et lisse sous ses doigts. Pat fixait le vide.

« La Terrienne des Métaux, hein ? » grommela le dieu avec aigreur. Son œil unique fouaillait Eric.

« Qui est cet Horace Bradshaw ? Une divinité locale, sans doute ?

— Horace Bradshaw est le propriétaire de la Terrienne des Métaux », dit Eric d'un ton sinistre. Il s'assit et alluma une cigarette d'une main tremblante. « Ce doit être l'homme le plus puissant de la Terre. La Terrienne possède la moitié des planètes du système.

— Les royaumes de ce monde ne m'intéressent pas », dit le dieu sur un ton évasif, tout en se tassant et en fermant son œil. « Je me retire, à présent. Je souhaite approfondir certaines questions. Réveillez-moi dans un moment, si vous le désirez. Nous pourrons discuter théologie, comme nous l'avons fait à bord du vaisseau.

— Théologie..., répéta Eric avec amertume. Ma femme est transformée en bloc de pierre et il veut parler religion. »

Mais le dieu s'était déjà retiré en lui-même.

« Vous vous en fichez ! », murmura Eric. La colère s'enfla en lui. « Voilà comment vous me remerciez de vous avoir amené de Ganymède. En ruinant mon foyer et ma vie sociale. Ah vous êtes bien, comme dieu ! »

Pas de réponse.

Eric se concentra avec l'énergie du désespoir. Peut-être le dieu serait-il de meilleure humeur au réveil. Alors il saurait le persuader de rendre à Matson et à Pat leur forme première. Un vague espoir naquit en lui. Il ferait appel au côté clément du dieu. Lorsque celui-ci aurait pris du repos et dormi quelques heures...

Si personne ne venait chercher Matson.

Sur le trottoir, le crapaud était accablé de détresse ; toute son attitude exprimait le désespoir. Eric se pencha sur lui. « Hé ! Matson ! »

Le crapaud releva lentement la tête.

« Ne t'en fais pas, mon vieux. Je le persuaderai bien de te rendre ta forme. C'est du tout cuit. » Le crapaud ne réagit pas. « Du tout cuit garanti », ajouta Eric avec nervosité.

Le crapaud se tassa un peu plus. Eric consulta sa montre. Il était quatre heures de l'après-midi. Tom prenait son service à la Terrienne dans une demi-heure. La sueur perla à son front. Si le dieu ne se réveillait pas d'ici là...

Un bourdonnement. Le vidphone.

Le cœur d'Eric se serra. Il alla en toute hâte allumer l'appareil en s'armant de courage. Ce furent les traits austères et empreints de dignité de son patron, Horace Bradshaw, qui se formèrent sur l'écran. Eric se sentit transpercé par son regard acéré.

« Blake, fit Bradshaw avec humeur. Vous êtes rentré de Ganymède, je vois.

— Oui, monsieur. » Eric réfléchissait à toute allure. Il se plaça devant l'écran afin de masquer la pièce. « Je commençais tout juste à défaire mes bagages.

— Laissez tomber et venez tout de suite ! Nous attendons votre rapport.

— Maintenant ? C'est que... Laissez-moi au moins ranger mes affaires. » Au désespoir, il chercha à gagner du temps. « Je serai là demain matin à la première heure.

— Matson est avec vous ? »

Eric déglutit. « Oui, monsieur. Mais...

— Passez-le-moi. Je veux lui parler.

— Il... il ne peut pas vous parler pour le moment, monsieur.

— Et pourquoi donc ?

— Il n'est pas en *forme* pour cela... Enfin, je veux dire... » Bradshaw poussa un grognement d'impatience. « Alors amenez-le avec vous. Et il a intérêt à dessoûler d'ici-là. Rendez-vous à mon bureau dans dix minutes. » Il coupa la communication et l'écran s'assombrit d'un coup.

Eric se laissa tomber dans un fauteuil, épuisé et pris de vertige. Dix minutes ! Il secoua la tête, assommé.

Dans l'allée, le crapaud eut un léger sursaut et émit une faible plainte de découragement.

Eric se leva péniblement. « Va falloir braver la tempête », murmura-t-il. Il ramassa le crapaud, qu'il déposa avec précaution dans la poche de son manteau. « Je suppose que tu as entendu. C'était Bradshaw. On va au labo. »

Lé crapaud remua pour exprimer son malaise.

« Je me demande ce qu'il va dire en te voyant. » Eric déposa un baiser sur la joue de granit froid de sa femme. « Au revoir, ma chérie. » Il descendit l'allée, en proie à une espèce de torpeur. Un instant plus tard, il hélait un robot taxi. « J'ai comme l'impression que tout ça va être difficile à expliquer. » Le taxi fila comme une flèche sur la chaussée. « *Très* difficile même. »

Les yeux d'Horace Bradshaw s'écarquillèrent sous le coup de l'ahurissement. Il ôta ses lunettes à monture métallique, les essuya lentement et les rajusta avant de baisser son visage anguleux vers le crapaud qui trônait silencieusement au beau milieu de son immense bureau d'acajou.

Bradshaw le désigna d'un doigt tremblant. « C'est... c'est Thomas Matson ?

— Oui, monsieur », dit Eric.

Bradshaw cligna des yeux, fasciné. « Matson ! Que diable vous est-il arrivé ?

— C'est devenu un crapaud, expliqua Eric.

— Je le vois bien. Incroyable. » Bradshaw enfonça un bouton sur son bureau. « Envoyez-moi Jennings, du Labo de Biologie, ordonna-t-il. Un crapaud. » Il le poussa du bout de son stylo. « Matson, c'est vraiment vous ?

— *Côa*, fit le crapaud.

— Seigneur. » Bradshaw se laissa aller en arrière en s'essuyant le front. Son habituel air renfrogné céda la place à une expression de sympathie soucieuse et il secoua tristement la tête. « Je n'arrive pas à y croire. Un genre de nielle bactérienne, sans doute. Matson se prêtait à toutes sortes d'expériences. Il prenait son travail au sérieux. Un type courageux. Un bon élément. Il a beaucoup fait pour la Terrienne des Métaux. Quel malheur qu'il doive finir comme cela. Nous lui octroierons une pension complète, bien sûr. »

Jennings entra dans le bureau. « Vous m'avez fait demander, monsieur ?

— Venez par ici. » Bradshaw lui fit un signe impatient. « On a un problème qui concerne votre service. Vous connaissez Eric Blake.

— Salut, Blake.

— Et voici Thomas Matson. » Bradshaw désigna le crapaud. « Du labo des Métaux Non Ferreux.

— Je connais Matson, fit Jennings avec lenteur. Je veux dire que je connais un Matson aux Non-Ferreux. Mais je ne me souviens pas... Enfin, il est plus grand. Presque un mètre quatre-vingt-dix.

— C'est bien lui, dit Eric d'une voix morne. C'est devenu un crapaud.

— Que s'est-il passé ? » L'esprit scientifique de Jennings était subitement en éveil. « Mettez-moi au parfum.

— C'est une longue histoire, fit Eric d'un ton évasif.

— Vous ne pouvez pas la raconter ? » Jennings observait le crapaud d'un œil de professionnel. « Ça m'a tout l'air d'un banal crapaud. Vous êtes sûr que c'est Tom Matson ? Dites-nous tout, Blake. Vous devez en savoir plus ! »

Bradshaw étudiait Eric avec une extrême attention. « Oui, qu'est-ce qui s'est vraiment passé, Blake ? Vous avez un regard étrange, fuyant. Vous êtes responsable de ça ? » Bradshaw se leva à demi de son fauteuil, brusquement pâle. « Dites donc... Si c'est par votre faute qu'un de mes meilleurs employés se trouve dans l'incapacité de travailler...

— Ne vous énervez pas », protesta Eric en cherchant frénétiquement une solution. Il tapota nerveusement le crapaud. « Matson ne risque absolument rien — tant qu'on ne lui marche pas dessus. Et encore, on peut l'équiper d'un bouclier protecteur, avec un appareil de communication automatique qui lui permette de former les mots. Il pourra poursuivre ses recherches. Pour peu qu'on prenne les dispositions nécessaires, tout ira pour le mieux.

— Répondez-moi ! rugit Bradshaw. Vous êtes responsable ? Est-ce *votre* faute, oui ou non ? »

Eric se tortilla, au supplice. « En un sens, oui ; mais pas *directement.* » Sa voix se brisa. « Encore que d'un côté, sans moi ce ne serait pas arrivé et... »

Bradshaw tourna vers lui un visage déformé par la rage. « Vous êtes viré, Blake. » Il extirpa une pile de formulaires du distributeur posé sur son bureau. « Fichez-moi le camp d'ici et n'y remettez jamais les pieds. Et ôtez votre main de ce crapaud. Il appartient à la Terrienne des Métaux. » Il jeta un document en travers du bureau. « Voilà votre chèque. Et ne vous fatiguez pas à chercher du travail ailleurs. Je vous colle sur la liste noire intersystèmes. Au revoir.

— Mais monsieur Bradshaw...

— Ne me suppliez pas. » Bradshaw agita la main. « Allez-vous-en. Jennings, mettez tout de suite votre équipe de biologistes sur ce cas. Ce problème doit être résolu au plus vite. Je veux que vous redonniez sa forme première à ce crapaud. Matson est un élément vital de la Terrienne. Il y a du travail à faire, et ce travail, seul Matson peut s'en charger.

Nous ne pouvons pas laisser ce genre de contretemps entraver nos recherches.

— Mr. Bradshaw, implora Eric, au désespoir. Je vous en prie, écoutez-moi. Moi aussi je veux que Tom retrouve son état normal. Mais il n'y a qu'une façon de le lui rendre. Il faut... »

Le regard de Bradshaw était d'une hostilité glaciale. « Vous êtes encore là, Blake ? Faut-il que je demande à mes gardes de vous faire disparaître ? Je vous donne une minute pour quitter les locaux. Compris ? »

Eric acquiesça, l'air misérable. « Je comprends. » Il se détourna et, accablé, gagna la porte en traînant les pieds. « Adieu, Jennings. Adieu, Tom. Je serai chez moi si vous voulez me parler, monsieur Bradshaw.

— Sorcier, jeta Bradshaw. Bon débarras. »

« Qu'est-ce que vous feriez, demanda Eric au robot chauffeur de taxi, si votre femme était changée en pierre et votre meilleur ami en crapaud, et si vous aviez perdu votre emploi ?

— Les robots ne se marient pas, répondit le chauffeur. Ils sont asexués. Ils n'ont pas d'amis non plus. Ils ne peuvent pas avoir de rapports affectifs.

— Est-ce qu'on peut les renvoyer, au moins ?

— Ça arrive. » Le robot gara son taxi devant le modeste pavillon de six pièces qu'habitait Eric. « Mais rendez-vous compte, on refond souvent les robots pour en faire de nouveaux. Rappelez-vous le *Peer Gynt* d'Ibsen, notamment le passage sur le Fondeur de Boutons. Sous une forme symbolique, ces vers anticipent clairement le traumatisme à venir réservé aux robots.

— Ouais. » La portière s'ouvrit et Eric descendit. « J'imagine qu'on a tous nos problèmes.

— Les pires sont ceux des robots. » La portière claqua et le taxi dévala la colline en trombe.

Eric en doutait fort. Il entra chez lui d'un pas lent, la porte s'étant ouverte automatiquement en le reconnaissant. « Bienvenue, monsieur Blake, le salua-t-elle.

— Je suppose que Pat est toujours là.

— Mrs. Blake est là, mais dans un état cataleptique, ou toute condition similaire.

— Elle a été changée en pierre. » Eric embrassa tristement les lèvres de la statue. « Salut, chérie. »

Il dénicha de la viande dans le réfrigérateur et l'émietta dans le bol ventral du dieu. Le fluide digestif coula et recouvrit le tout. Peu après, l'œil du dieu s'ouvrit, cligna à plusieurs reprises et considéra Eric.

« Bien dormi ? s'enquit ce dernier d'un ton glacial.

— Je ne dormais pas. Je traitais des problèmes d'une envergure cosmique. Je décèle une certaine hostilité dans votre voix. Se serait-il produit quelque événement regrettable ?

— Rien. Rien du tout. J'ai juste perdu mon emploi, pour couronner le tout.

— Ah bon ? Intéressant. Quel est ce tout auquel vous faites allusion ? »

Eric explosa de colère. « Vous avez bousillé ma vie ! » Il pointa un doigt rageur vers le corps immobile et muet de son épouse. « Regardez ça ! Du granit. Et mon meilleur ami, un crapaud ! »

Tinokuknoi Arevulopapo bâilla. « Et alors ?

— Alors *pourquoi* ? Qu'est-ce que je vous ai fait ? Pourquoi me traitez-vous de la sorte ? Rappelez-vous tout ce que j'ai fait pour vous. Je vous ai juste amené sur Terre. Nourri. Je vous ai aménagé une boîte avec de la paille, de l'eau, des journaux. C'est tout.

— Exact. Vous m'avez amené sur Terre. » Une étrange lueur passa de nouveau sur le visage sombre du dieu. « Entendu. Je vais vous rendre votre femme.

— C'est vrai ? » Une joie intense s'empara d'Eric. Les larmes lui vinrent aux yeux. Il était trop soulagé pour poser la moindre question. « Mince, j'apprécierais drôlement ! »

Le dieu se concentra. « Écartez-vous. Il est plus facile de distordre la structure moléculaire d'un corps que de lui redonner sa configuration première. J'espère que je vous la rendrai exactement telle qu'elle était. » Il fit un geste.

Autour de la statue de Pat, des remous apparurent dans l'air. Le granit blême frémit. Peu à peu, ses traits reprirent des couleurs. Elle inspira abruptement ; ses yeux noirs brillaient d'effroi. La couleur gagna bientôt ses bras, ses épaules, ses seins, et se répandit sur tout le reste de son corps svelte.

Chancelante, elle s'écria : « *Eric !* »

Son mari la rattrapa et la serra bien fort. « Mince, ma chérie. Je suis vraiment content que tu sois de retour. » Il l'écrasa contre lui et sentit son cœur cogner de terreur. Il embrassa ses lèvres douces sans plus pouvoir s'arrêter. « Bienvenue parmi nous. »

Pat s'arracha à son étreinte. « Ce petit serpent. Cette misérable particule de boue. Attends un peu que je lui mette la main dessus. » Elle s'avança vers le dieu, les yeux lançant des éclairs. « Écoutez, vous. Qu'est-ce qui vous a pris ? Comment avez-vous *osé* !

— Vous voyez ? fit le dieu. On ne peut jamais les faire changer. »

Eric tira sa femme en arrière. « Tu ferais mieux de te taire ou tu te retrouveras à nouveau pétrifiée. Tu comprends ? »

Pat perçut l'urgence de sa voix et se rendit à regret. « D'accord, Eric. J'abandonne.

— Dites, demanda Eric au dieu, et Tom ? Si vous nous le rendiez aussi ?

— Le crapaud ? Où est-il ?

— Au Labo de Biologie. Jennings et son équipe sont en train de l'étudier. »

Le dieu réfléchit. « Je n'aime pas ça. Le Labo de Biologie ? Où est-ce ? À quelle distance d'ici ?

— À la Terrienne des Métaux. Dans le bâtiment principal. » Eric s'impatientait. « Huit kilomètres tout au plus. Qu'est-ce que vous en dites ? S'il retrouve sa forme, Bradshaw me rendra peut-être mon emploi. Vous me devez bien ça. Remettez les choses en ordre.

— Je ne peux pas.

— Vous ne *pouvez* pas ? Et pourquoi ça ?

— Je croyais que les dieux étaient omnipotents, dit Pat avec une moue insolente.

— Je peux tout faire, mais à faible portée. Le Labo de Biologie de la Terrienne des Métaux est trop loin pour moi. Huit kilomètres, cela dépasse mes limites. Je ne peux distordre les structures moléculaires que dans un champ restreint. »

Eric n'en croyait pas ses oreilles. « Quoi ? Vous voulez dire que vous ne pouvez pas remétamorphoser Tom ?

— C'est comme ça. Vous n'auriez pas dû le faire sortir de la maison. Les dieux subissent la loi de la nature tout comme vous. Nos lois sont différentes mais elles restent des lois.

— Je vois, murmura Eric. Vous auriez dû me prévenir.

— Pour votre travail, ne vous en faites pas. Tenez, je vais créer un peu d'or. » Le dieu agita ses mains squameuses. Un pan de rideau prit soudain un éclat jaune et s'écrasa par terre avec un bruit métallique. « De l'or massif. Cela devrait vous permettre de tenir quelques jours.

— Nous n'utilisons plus l'étalon-or.

— Bon, eh bien, je ferai ce que vous voudrez. Je peux tout.

— Excepté rendre à Tom sa forme humaine, dit Pat. Vous parlez d'un dieu !

— Tais-toi, Pat, marmonna Eric, perdu dans ses pensées.

— Si j'avais la possibilité de me rapprocher de lui, dit le dieu d'une voix pensive, s'il était à portée...

— Bradshaw ne le laissera jamais partir. Et je ne peux plus mettre les pieds là-bas. Les gardes me tailleraient en pièces.

— Et un peu de platine, non ? » Le dieu fit une passe et une section du mur émit une lueur blanche. « Du platine massif. Simple changement de masse atomique. Est-ce que ça fera l'affaire ?

— Non ! » Eric arpentait la pièce. « Nous devons reprendre ce crapaud à Bradshaw. Si nous pouvions l'amener ici...

— J'ai une idée, dit le dieu.

— Laquelle ?

— Vous pouvez peut-être me faire entrer là-bas. Si je me trouvais dans les locaux, à portée du Labo...

— Ça vaut la peine d'essayer, dit Pat en posant la main sur l'épaule d'Eric. Après tout, Tom est ton meilleur ami. C'est une honte de le traiter ainsi. C'est... c'est non terrien. »

Eric saisit son manteau. « Entendu. Je vais prendre la voiture et me rapprocher le plus possible de la société. Je devrais pouvoir arriver assez près avant que les gardes ne m'aperçoivent, et alors... »

Un grand craquement. La porte d'entrée se transforma d'un coup en nuage de cendre. Plusieurs équipes de robots policiers envahirent la pièce, éclateur au poing.

« Bon, dit Jennings. C'est lui. » Il entra à grands pas. « Arrêtez-le. Et saisissez-vous de cette chose dans la boîte.

— Jennings ! » La gorge d'Eric se serra. « Mais qu'est-ce qui se passe ? »

Jennings fit la moue. « Arrêtez les frais, Blake. Je ne suis pas dupe. » Il tapota le petit étui métallique qu'il tenait sous le bras. « Le crapaud a tout raconté. Alors comme ça, vous avez un extraterrestre chez vous ? » Il eut un rire glacial. « Il existe une loi qui interdit d'amener des extraterrestres sur Terre. Vous êtes en état d'arrestation, Blake. Ça peut vous valoir la prison à vie.

— Tinokuknoi Arevulopapo ! glapit Eric. Ne m'abandonnez pas dans un moment pareil !

— J'arrive », grommela le dieu. Il s'enfla brusquement. « Qu'est-ce que vous dites de ça ? »

Les robots policiers sursautèrent : un torrent de force jaillissait de la boîte. Soudain ils disparurent, remplacés par une foule de souris mécaniques qui tournaient en rond sans but et finirent par repasser la porte dans le plus grand désordre pour détaler dans la cour.

Sur le visage de Jennings se peignirent la stupéfaction, puis la panique. Il battit en retraite et agita son éclateur d'un air menaçant. « Attention, Blake. Ne croyez pas pouvoir m'effrayer. Nous encerclons la maison. »

Une décharge d'énergie pure le frappa au creux de l'estomac, puis le souleva de terre et le secoua comme une poupée de chiffons. Son éclateur lui échappa et tomba. Il essaya désespérément de le rattraper mais l'arme se transforma en araignée et se mit prestement hors de portée.

« Reposez-le, supplia Eric.

— D'accord. » Le dieu relâcha Jennings, qui s'écrasa par terre, hébété et terrorisé. Il se remit tant bien que mal sur ses pieds, sortit en trombe et courut jusqu'au trottoir.

« Oh mon Dieu ! fit Pat.

— Quoi ?

— Regarde. »

Des canons nucléaires encerclaient la maison en formation serrée. Leurs gueules luisaient méchamment dans la lumière du soir. Des robots policiers encadraient chaque canon, attendant diligemment les ordres.

Eric gémit. « Faits comme des rats. Une seule salve et c'en est fini de nous.

— Réagissez ! souffla Pat en secouant la boîte. Charmez-les. Ne restez pas comme ça.

— Ils sont hors de portée, répliqua le dieu. Comme je vous l'ai expliqué, mon pouvoir est limité par la distance.

— Vous, là-dedans ! tonna une voix amplifiée par cent haut-parleurs. Sortez les mains en l'air ou nous ouvrons le feu !

— C'est Bradshaw, gémit Eric. Il est là, dehors. Nous sommes pris au piège. Vous êtes sûr que vous ne pouvez rien ?

— Navré. Je peux dresser un bouclier contre les canons. » Le dieu se concentra. Autour de la maison apparut une surface terne en forme de globe qui se matérialisa rapidement.

« Très bien, fit la voix de Bradshaw, assourdie par l'écran. Vous l'aurez voulu. »

Le premier obus tomba. Eric se retrouva couché par terre ; ses oreilles bourdonnaient, la tête lui tournait. Pat était étendue à côté de lui, étourdie et terrifiée. La maison était sens dessus dessous. Les murs, le mobilier, tout n'était plus que décombres.

« Bravo pour le bouclier, haleta Pat.

— C'est l'onde de choc, protesta le dieu dont la boîte gisait sur le flanc dans un coin. L'écran arrête les obus, mais pas l'onde de choc... »

Un deuxième obus frappa. Une vague déferla sur Eric et l'assomma à demi. Il fit une glissade, ballotté par un vent violent, et s'écrasa sur les amas de débris qui avaient été sa maison.

« On ne tiendra pas le coup, dit Pat d'une voix éteinte. Dis-leur d'arrêter, Eric. Je t'en prie !

— Votre femme a raison, énonça calmement le dieu depuis sa boîte renversée. Abandonnez, Eric. Rendez-vous.

— Bien obligé. » Eric se remit à genoux. « Mais flûte, je ne veux pas passer le restant de mes jours en prison. Je savais bien que j'enfreignais la loi en amenant ce satané truc ici, mais je n'aurais jamais imaginé... »

Un troisième obus. Eric s'écroula et son menton heurta le sol. Plâtre et débris lui pleuvaient sur le dos, l'étouffaient et l'aveuglaient. Il finit par se dégager en se retenant à une poutre tombée.

« Arrêtez ! » hurla-t-il.

Brusque silence.

« Êtes-vous disposé à vous rendre ? tonna la voix amplifiée.

— Rendez-vous », murmura le dieu.

L'esprit d'Eric s'emballa. « J'ai... j'ai un marché

à proposer. Un compromis. » Il réfléchissait à toute allure.

Une longue pause. « Quel genre ? »

Eric se fraya avec précaution un chemin dans l'amas de gravats, jusqu'à la lisière du bouclier, qui d'ailleurs avait pratiquement disparu. Il n'en subsistait qu'une brume miroitante à travers laquelle on distinguait le cercle de canons nucléaires et de robots policiers.

« Matson, hoqueta Eric en reprenant son souffle. Le crapaud. Nous allons passer le marché suivant. Nous rendons à Matson sa forme première. Nous renvoyons l'extraterrestre sur Ganymède. En retour, vous renoncez aux poursuites et je retrouve mon emploi.

— Absurde ! Mes labos remétamorphoseront aisément Matson sans votre aide.

— Ah oui ? Demandez-lui. Il vous le dira, lui. Si vous refusez, Matson restera crapaud pendant les deux cents prochaines années — au moins ! »

Un long silence suivit. Eric voyait des silhouettes aller et venir, palabrer derrière les canons.

« Entendu, lança enfin la voix de Bradshaw. Marché conclu. Abaissez le bouclier et avancez. J'envoie Jennings avec le crapaud. Pas d'entourloupe, Blake !

— Pas d'entourloupe. » Eric s'affaissa de soulagement. « Venez, dit-il au dieu en ramassant la boîte toute cabossée. Abaissez le bouclier et finissons-en. Ces canons me rendent nerveux. »

Le dieu relâcha sa concentration. Le bouclier — ou ce qu'il en restait — vacilla, s'estompa puis s'évanouit.

« J'arrive. » Eric s'avança avec précaution, la boîte dans les mains. « Où est Matson ? »

Jennings s'approcha. « Je l'ai là. » La curiosité l'emportait sur la méfiance. « Ce devrait être intéressant. Il faudrait examiner de très près toutes les formes de vie extradimensionnelles. Apparemment, elles sont très en avance sur nous sur le plan scientifique. »

Jennings s'accroupit et déposa soigneusement le petit crapaud vert sur l'herbe.

« Le voilà, dit Eric au dieu.

— C'est assez près pour vous ? demanda Pat d'une voix glaciale.

— Cela suffira, dit le dieu. Ça ira même très bien. » Il baissa l'œil sur le crapaud et agita brusquement ses serres écailleuses.

Une surface miroitante se mit à planer au-dessus du crapaud. Des forces extradimensionnelles étaient à l'œuvre, manipulant et altérant les molécules. Tout à coup, le crapaud se convulsa et frémit une seconde, une vibration insistante l'enveloppa, puis...

Matson s'enfla comme un ballon jusqu'à ce que sa haute silhouette familière domine Eric, Jennings et Pat.

« Bon sang », fit-il d'une voix tremblotante. Il sortit son mouchoir et s'épongea la figure. « Pas fâché que ce soit fini. Je n'aimerais pas avoir à revivre pareille expérience. »

Jennings battit précipitamment en retraite vers

le cercle de canons. Matson tourna les talons et le suivit. Eric, sa femme et son dieu se retrouvèrent tout seuls au milieu de la pelouse.

« Hé ! s'exclama Eric, subitement glacé par l'angoisse. Qu'est-ce qu'il y a ? Qu'est-ce qui se passe ?

— Désolé, Blake, lança la voix de Bradshaw. Il nous fallait absolument récupérer Matson. Mais on ne peut pas contrevenir à la loi, qui est au-dessus de tous, même de moi. Vous êtes donc en état d'arrestation. »

Les robots policiers vinrent massivement encercler Eric et Pat. « Espèce de putois », s'étrangla Eric, en se débattant faiblement.

Les mains dans les poches, un sourire paisible aux lèvres, Bradshaw sortit de derrière un canon. « Navré, Blake. Mais vous serez sorti de prison d'ici dix ou quinze ans. Vous retrouverez votre emploi — je vous le promets. Quant à cet être extradimensionnel, je suis impatient de le voir. J'ai entendu parler de ce genre de choses. » Il regarda dans la boîte. « Je suis ravi de le prendre en charge. Nos labos le soumettront à des expériences et qui ne manqueront pas de... »

Les mots moururent sur ses lèvres. Son teint vira au gris. Sa bouche s'ouvrit et se referma, mais aucun son n'en sortit.

De la boîte monta un bourdonnement croissant exprimant une fureur démente. « *Nar Dolk !* Je savais bien que je te retrouverais ! »

Tout tremblant, Bradshaw battit en retraite. « Eh bien, si je m'attendais !... Tinokuknoi Arevulopapo ! Qu'est-ce que tu fais sur Terre ? » Il trébucha et faillit perdre l'équilibre. « Comment as-tu... enfin, après tant d'années... comment tu as pu... »

Là-dessus Bradshaw se mit à courir, éparpillant les robots policiers sur son passage ; il dépassa en trombe le canon nucléaire.

« Nar Dolk ! hurla le dieu en se gonflant de fureur. Fléau des Sept Temples ! Déchet de l'Espace ! Je savais que tu te trouvais sur cette misérable planète ! Reviens et reçois ton châtiment ! » Le dieu bondit dans les airs et dépassa en flèche Eric et Pat ; sa taille se mit à croître rapidement. Un souffle moite et écœurant balaya les narines de Pat et Eric ; le dieu prenait de la vitesse.

Bradshaw — ou plutôt Nar Dolk — courait comme un dératé. Et dans sa course, il se *transformait.* Il lui poussait des ailes immenses, de grandes ailes en cuir qui battaient l'air avec frénésie. Son corps suintait et s'altérait. Des tentacules remplacèrent bientôt ses jambes, ses bras se muèrent en serres écailleuses. Sa peau grise se couvrit de rides, puis il prit son essor dans un grand claquement d'ailes.

Alors Tinokuknoi Arevulopapo frappa. L'espace d'un court instant tous d'eux s'empoignèrent et roulèrent dans les airs en échangeant de grands coups de griffes entre deux battements d'ailes. Puis Nar Dolk se libéra et s'éleva dans le ciel. Un éclair aveuglant, une détonation sèche, et il disparut.

Tinokuknoi Arevulopapo resta un instant suspendu dans les airs. Sa tête squameuse pivota et son œil unique se posa une seconde sur Eric et Pat. Il les salua brièvement puis, après un curieux petit trémoussement, s'évanouit à son tour.

Le ciel était désormais désert, exception faite de quelques plumes et d'une légère puanteur à base d'écailles brûlées.

Ce fut Eric qui prit la parole en premier. « Bon. Voilà donc pourquoi il voulait venir sur Terre. Je crois que je me suis fait un peu exploiter. » Il sourit d'un air penaud. « Je suis le premier Terrien à qui ça arrive. »

Les yeux tournés vers le ciel, Matson en restait bouche bée. « Ils sont partis. Tous les deux. Pour retourner dans leur propre dimension, sans doute. »

Un robot policier tira Jennings par la manche. « Faut-il arrêter quelqu'un, monsieur ? Maintenant que Mr. Bradshaw a disparu, c'est vous le responsable. »

Jennings lança un regard à Eric et Pat. « Je suppose que non. Les preuves matérielles se sont envolées. Tout ça est un peu ridicule, en fin de compte. » Il secoua la tête. « Bradshaw. Vous vous rendez compte ! Et dire que nous avons travaillé pour lui pendant des années. Drôle d'histoire. »

Eric passa un bras autour des épaules de sa femme et la serra contre lui. « Je suis navré, chérie, murmura-t-il.

— Navré ?

— Pour ton cadeau. Il est parti. Je crois que je vais devoir t'en trouver un autre. »

Pat rit et se blottit contre lui « Ne t'en fais pas. Je vais te confier un secret.

— Lequel ? » Il sentit la chaleur de ses lèvres contre sa joue. « Si tu veux savoir... je n'en suis pas fâchée. »

Derrière la porte

Ce soir-là, à l'heure du dîner, Larry apporta l'objet sur la table et le posa à côté de l'assiette de Doris. Celle-ci écarquilla les yeux, une main sur la bouche. « Mon Dieu, mais qu'est-ce que c'est ? » Elle le dévisagea.

« Eh bien, ouvre le paquet. »

De ses ongles pointus, Doris arracha le ruban et le papier. Son souffle s'était accéléré. Adossé au mur, Larry alluma une cigarette et la regarda soulever le couvercle.

« Un coucou ! s'écria Doris. Une vraie pendule à coucou comme autrefois, chez ma mère. » Elle la tourna en tous sens. « Comme chez maman, à l'époque où Pete était encore en vie. » Les larmes lui vinrent aux yeux.

« Il a été fabriqué en Allemagne, expliqua Larry. Carl me l'a obtenu au prix de gros. Il connaît quelqu'un dans l'import de pendules. Sinon je ne l'aurais pas... » Il s'interrompit.

Doris émit un drôle de petit bruit étranglé.

« Je veux dire que sinon, rectifia-t-il, je n'aurais

pas pu me le permettre. » Il se renfrogna. « Qu'est-ce qu'il y a qui ne va pas ? Tu as ton coucou, non ? C'est bien ce que tu voulais ? » Doris serrait la pendule contre elle, les mains crispées contre le bois brun. « Alors, continua Larry, qu'est-ce que tu as ? »

Stupéfait, il la vit se lever précipitamment et quitter la pièce en courant, la pendule toujours dans les bras. Il secoua la tête. « Jamais contente, marmonna-t-il. Toutes les mêmes. Elles n'en ont jamais assez. » Il s'assit à table pour prendre son repas.

Le coucou était plutôt petit, fait à la main, et orné d'innombrables frises, découpes et autres décorations gravées dans le bois tendre. Assise sur le lit, Doris s'essuya les yeux et entreprit de le remonter. Elle le mit à l'heure en consultant sa montre et régla soigneusement les aiguilles sur dix heures moins deux. Puis elle alla placer le coucou sur la commode.

Elle se rassit, les mains nerveusement jointes sur les genoux en attendant que la pendule sonne et que le coucou fasse son apparition.

Elle repensa à Larry, aux propos qu'il avait tenus. Et à ce qu'elle avait dit elle-même, d'ailleurs — encore qu'on ne puisse vraiment pas le lui reprocher. Après tout, pourquoi continuerait-elle éternellement à l'écouter sans rien dire, sans se défendre ? Dans la vie, il fallait se faire respecter.

Soudain, elle recommença à se tamponner les yeux. Pourquoi avait-il fallu qu'il gâche tout avec cette histoire de prix de gros ? À ce compte-là, il n'avait qu'à ne pas l'acheter. Elle serra les poings. Il était tellement pingre !

Elle lui faisait pourtant plaisir, cette pendulette, avec son tic-tac, sa petite porte et ses drôles de bords ajourés. Derrière la porte, le coucou attendait de sortir. Écoutait-il, la tête penchée de côté, attendant que l'heure sonne pour pouvoir se montrer ?

Dormait-il entre ses apparitions ? Enfin, elle le verrait bientôt ; elle n'aurait qu'à le lui demander. Et puis elle ferait voir la pendule à Bob. Il la trouverait sûrement très jolie ; il aimait bien les vieilles choses, même les vieux timbres ou les vieux boutons. Bien sûr, c'était un peu *gênant*, mais Larry passait tant de temps au bureau... c'était un réconfort pour elle. Si seulement Larry n'avait pas parfois l'idée de téléphoner pour...

Un ronronnement. Une vibration ébranla la pendule et, d'un coup, la porte miniature s'ouvrit. Le coucou sortit en glissant rapidement vers l'avant. Puis il s'immobilisa et regarda autour de lui d'un air solennel, inspectant Doris, la chambre et le mobilier.

Elle eut un sourire ravi en pensant qu'il la voyait pour la première fois. Elle se remit debout et s'approcha timidement. « Vas-y, murmura-t-elle. J'attends. »

Le coucou ouvrit son bec et émit une série de gazouillements rythmiques et précipités. Puis, après une espèce de courte méditation, il se retira. La porte se referma d'un coup sec.

Doris était aux anges. Elle battit des mains et virevolta. Le coucou était superbe, parfait ! Et cette façon qu'il avait eue de la regarder, comme pour la jauger. Elle lui était sympathique, elle en avait la certitude. Quant à elle, d'emblée elle l'avait adoré. Il correspondait exactement à son attente.

Doris alla près de la pendule et se pencha vers la porte, la bouche contre le bois. « Tu m'entends ? chuchota-t-elle. Je trouve que tu es le plus merveilleux coucou du monde. » Elle marqua un temps, un peu gênée. « J'espère que tu te plairas ici. »

Puis elle redescendit au rez-de-chaussée, lentement, la tête haute.

Larry et le coucou ne s'entendirent jamais bien. Doris prétendait que c'était parce que Larry ne savait pas le remonter à fond, que le coucou n'aimait pas être sans cesse à moitié remonté. Larry la chargea de cette tâche ; le coucou sortait tous les quarts d'heure, détendant son ressort sans remords, si bien qu'on devait toujours être là pour le remonter.

Doris faisait de son mieux, mais oubliait de s'en occuper la plupart du temps. Alors Larry jetait son journal par terre avec un geste de lassitude étudié, avant de se lever pour se rendre dans la salle à manger, où le coucou avait été installé au mur, au-dessus de la cheminée. Il le décrochait en prenant soin de maintenir la petite porte en place avec le pouce pendant qu'il le remontait.

« Pourquoi poses-tu toujours ton pouce sur la porte ? s'enquit un jour Doris.

— C'est comme ça qu'on fait. »

Elle haussa les sourcils. « Tu es sûr ? Je me demande si ce n'est pas autre chose : tu n'as peut-être pas envie qu'il sorte pendant que tu es tout près.

— Et pourquoi donc ?

— Parce que tu as peur de lui. »

Larry éclata de rire, remit la pendule au mur et retira son pouce comme à contre-cœur. Profitant de ce que Doris regardait ailleurs, il l'examina.

Il restait encore une trace d'entaille dans le gras du doigt. Par qui — ou par quoi — avait-il été piqué ?

Un samedi matin, alors que Larry était allé au bureau travailler sur des dossiers importants, Bob Chambers se présenta à la porte.

Doris le reçut en peignoir : elle était en train de prendre sa douche. Bob entra, le sourire aux lèvres.

« Salut, fit-il en regardant autour de lui.

— Pas de problème. Larry est au bureau.

— Parfait. » Larry détailla ses jambes fines à demi dénudées par le peignoir. « Tu es bien jolie, aujourd'hui. »

Elle se mit à rire. « Gare à toi ! Je ne devrais peut-être pas te laisser entrer, finalement. »

Ils échangèrent un regard mi-effrayé, mi-amusé. Puis Bob finit par dire : « Si tu préfères, je...

— Non, bien sûr que non. » Elle le tira par la manche. « Mais rentre, que je puisse refermer la porte. À cause de Mrs. Peters, la voisine d'en face, tu comprends. »

Elle referma la porte derrière lui. « J'ai quelque chose à te montrer, déclara-t-elle. Quelque chose que tu n'as pas encore vu. »

Il eut l'air intéressé. « Une antiquité ? »

Elle le prit par le bras pour l'entraîner vers la salle à manger. « Tu vas voir, Bobby, ça va te plaire. » Puis elle s'immobilisa, les yeux écarquillés. « Enfin j'espère. Il *faut* que ça te plaise. Tu dois l'aimer autant que je l'aime. C'est... *Il* est tellement important pour moi.

— Il ? » Bob fronça les sourcils. « Qui ça, *il* ? »

Elle se remit à rire. « Tu es jaloux, ma parole ! Allez, viens. » L'instant d'après ils se tenaient devant le coucou. « Il va sortir dans quelques minutes, annonça Doris. Attends un peu de le voir. Je suis sûre que vous allez très bien vous entendre tous les deux.

— Qu'en pense Larry ?

— Ils ne s'aiment pas beaucoup, tous les deux. Parfois, quand Larry est là, le coucou ne veut pas se montrer. Alors Larry se met en rogne. Il dit que...

— Que dit-il ? »

Doris baissa les yeux. « Qu'il s'est fait avoir, même s'il l'a eu au prix de gros. » Elle prit un air espiègle. « Mais moi, je sais pourquoi il ne sort pas : parce qu'il déteste Larry. Alors que si je reste seule avec lui, il sort tous les quarts d'heure rien que pour moi, au lieu de toutes les heures. »

Elle regarda la pendule. « Il sort pour moi parce qu'il en a envie. Nous bavardons ; je lui raconte des choses. Évidemment, j'aimerais le monter dans ma chambre, mais ce ne serait pas bien. »

Un bruit de pas sur les marches du perron. Affolés, ils se dévisagèrent.

Larry ouvrit la porte en grommelant. Il posa son porte-documents et retira son chapeau. Ce fut alors qu'il aperçut Bob.

« Tiens, Chambers. » Il plissa les yeux. « Qu'est-ce que tu fiches ici ? » Il pénétra dans la salle à manger. Doris recula en resserrant nerveusement son peignoir autour d'elle.

« Je..., entama Bob. C'est-à-dire, nous... » Il s'interrompit et jeta un regard à Doris. À ce moment, la pendule se mit à ronronner. Le coucou en jaillit et s'égosilla. Larry se dirigea vers lui. « C'est fini ce boucan ? » menaça-t-il, le poing brandi. Le coucou se tut et battit en retraite. La porte se referma. « C'est mieux », grogna Larry. Il étudia d'un œil mauvais Doris et Bob, immobiles côte à côte et frappés de mutisme.

« J'étais venu voir le coucou, tenta d'expliquer Bob. Doris m'avait dit que c'était une antiquité rare et que...

— Tu parles. Je l'ai acheté moi-même. » Larry marcha vers lui. « Sors d'ici. » Il se tourna vers Doris. « Et toi aussi. Et emporte cette maudite pendule. » Il se frotta le menton et se ravisa. « Et puis non. Laisse-la là. Après tout, elle est à moi. C'est moi qui l'ai payée. »

Au cours des semaines qui suivirent le départ de Doris, les rapports de Larry et de son coucou s'envenimèrent encore. Pour commencer, l'oiseau s'obstinait la plupart du temps à rester dans la pendule, parfois même à midi, quand il aurait dû au contraire s'activer au maximum. Et lorsqu'il en sortait, c'était le plus souvent pour pousser un ou deux « Coucou ! », mais jamais le nombre qu'il fallait. Enfin sa voix était devenue morne, peu empressée et plus discordante que jamais, ce qui mettait Larry mal à l'aise et l'irritait quelque peu.

Il continuait pourtant â remonter la pendule, car la maison était devenue très silencieuse et cela lui portait sur les nerfs de n'entendre personne circuler, parler et laisser tomber des objets. Le seul son de la pendule suffisait à le réconforter.

Mais décidément, ce coucou lui était insupportable. Et il lui arrivait même de lui parler.

« Écoute, dit-il un soir tard à la petite porte close. Je sais que tu m'entends. Je devrais bien te rendre aux Allemands... te renvoyer dans ta Forêt-Noire. » Il marchait de long en large. « Je me demande ce qu'ils sont en train de fricoter, tous les deux. Ce petit ringard avec ses bouquins et ses antiquités. C'est pour les bonnes femmes, ces trucs-là ; pas pour les hommes. » Il redressa le menton. « C'est pas vrai ? » La pendule ne dit rien. Larry vint se camper en face d'elle. « C'est pas vrai ? répéta-t-il. Tu n'as donc rien à répondre à ça ? »

Il reporta son attention sur le cadran. Presque onze heures.

« Bon, j'attends qu'il soit l'heure pile. Et là, je veux entendre ce que tu as à dire. On ne t'a pas beaucoup entendu depuis qu'elle est partie. » Un sourire sardonique. « Peut-être que tu ne te plais plus ici. » Il fronça les sourcils. « Ma foi, j'ai payé pour t'avoir, et tu vas sortir pour donner l'heure, que ça te plaise ou non. C'est compris ? »

À l'autre bout de la ville, la grosse horloge de la mairie se mit à égrener pour elle seule onze coups tout ensommeillés. Mais la petite porte restait obstinément close. L'aiguille des minutes continua de tourner sans que le coucou fasse un mouvement. Il restait tapi quelque part dans sa pendule, derrière la porte, entêté dans son silence et son immobilité.

« Puisque c'est comme ça, d'accord, murmura Larry, les lèvres contractées par un tic. Mais c'est injuste. C'est ton boulot de sortir à l'heure. On est tous obligés de faire des choses qui ne nous plaisent pas. »

Sombre, il se dirigea vers la cuisine et ouvrit le grand réfrigérateur luisant. Tout en se versant un verre, il songea au comportement du coucou.

Il n'y avait aucun doute : l'oiseau devait se décider à sortir, Doris ou pas Doris. C'était trop déloyal. Dès le début, c'était elle que le coucou avait préférée. Ils s'entendaient comme larrons en foire, tous les deux. Et sans doute le coucou aimait-il aussi Bob... Il avait dû le voir assez souvent pour apprendre à le connaître. Oui, ils auraient pu être très heureux tous les trois, Bob, Doris et le coucou.

Larry vida son verre, ouvrit le tiroir sous l'évier et en sortit un marteau qu'il emporta avec soin dans la salle à manger. Au mur, la pendule tic-taquait doucement.

« Écoute un peu, fit-il en brandissant l'outil. Tu vois ce que j'ai à la main ? Tu sais ce que je vais en faire ? Je vais m'en servir sur toi — pour commencer. » Un sourire. « Vous êtes tous les trois à mettre dans le même sac. » Silence dans la pièce. « Alors, tu sors de là, oui ou non ? Ou faut-il que j'aille te chercher ? » La pendule vibra légèrement. « Je t'entends, là-dedans. Tu dois avoir plein de choses à raconter, après ces trois semaines de mutisme. D'après mes calculs, tu me dois à peu près... »

La porte s'ouvrit brutalement. Le coucou sortit comme une flèche, fonçant droit sur lui. Plongé dans ses pensées, le front plissé, Larry baissait la tête. Au moment où il la releva, le coucou lui donna un coup de bec en plein dans l'œil.

Il tomba à la renverse sans lâcher le marteau, entraînant dans sa chute la chaise sur laquelle il était monté, et s'étala bruyamment par terre. Le petit volatile resta un instant figé sur place, rigide, puis regagna sa demeure. Clac ! La porte se referma hermétiquement derrière lui.

L'homme gisait sur le sol dans une posture grotesque, la tête tordue sur le côté. Rien ne bougeait. Le silence le plus complet régnait dans la pièce, à l'exception bien sûr du tic-tac de la pendule.

« Je comprends », prononça Doris, le visage crispé. Bob passa son bras autour d'elle pour la soutenir.

« Docteur, dit Bob, je peux vous poser une question ?

— Je vous écoute, répondit le médecin.

— Est-il courant de se rompre le cou en tombant d'une chaise aussi basse ? Ce n'était pas une chute grave, après tout. Je me demande s'il s'agit vraiment d'un accident. Est-il possible que ce soit...

— Un suicide ? » Le praticien se frotta le menton. « À ma connaissance, personne ne s'est jamais suicidé de cette façon. Non, je suis formel : c'était un accident.

— Je ne pensais pas au suicide », souffla Bob. Il leva les yeux sur la pendule murale. « Je pensais à *autre chose.* »

Mais personne ne l'entendit.

Un auteur éminent

« À l'heure qu'il est, dit Mary Ellis, mon époux si ponctuel qui, en vingt-cinq ans, n'est jamais arrivé une seule fois en retard au travail, est encore quelque part dans la maison. » Elle but une gorgée de cocktail — hormones et hydrate de carbone légèrement parfumé. « Pour tout dire, il ne partira pas avant dix minutes.

— Incroyable », fit Dorothy Lawrence qui, elle, avait fini son verre, et se laissait imprégner par la dermabrume qu'un vaporisateur installé au-dessus du divan projetait sur son corps presque nu. « Qu'est-ce qu'ils vont encore inventer ! »

Mrs. Ellis rayonnait de fierté, comme si elle était elle-même employée par la Terrienne de Développement. « Oui, incroyable. À en croire quelqu'un du bureau, toute l'évolution de la civilisation peut s'expliquer par l'évolution des techniques de transport. Moi, je ne connais rien à l'histoire, bien sûr. Ça regarde les chercheurs d'État. Mais d'après ce que ce type a dit à Henry... »

Une voix énervée leur parvint de la chambre.

« Où est mon porte-documents ? Bon sang, Mary ! Je suis sûr de l'avoir posé sur le nettoie-linge hier soir.

— Tu l'as laissé au premier, répondit Mary haussant un peu la voix. Regarde dans le placard.

— Qu'est-ce qu'il irait faire dans le placard ? » Bruits d'investigations rageuses. « Tout de même, un porte-documents, ça se respecte ! » Henry passa brièvement la tête dans le salon. « Je l'ai trouvé. Bonjour, Mrs. Lawrence.

— Bonjour, répondit Dorothy. Mary m'expliquait justement que vous étiez encore là.

— En effet. » Ellis ajusta sa cravate tandis que le miroir tournait lentement autour de lui. « Tu veux que je te ramène quelque chose de la ville, chérie ?

— Non, répondit Mary. Rien qui me vienne à l'idée. Je te vidphonerai au bureau si ça me revient.

— C'est vrai qu'*aussitôt entré* vous avez déjà parcouru tout le trajet jusqu'en ville ? demanda Mrs. Lawrence.

— Presque.

— Deux cent cinquante kilomètres ! Je n'arrive pas à le croire. Mon mari, lui, met bien deux heures et demie pour piloter son monoréacteur sur les files commerciales, se poser sur le parking et remonter à pied jusqu'à son bureau.

— Je connais, marmonna Ellis en prenant son manteau et son chapeau. Avant ça me prenait autant de temps. Mais c'est fini tout ça. » Il embrassa sa femme. « Allez, à ce soir. Ravi de vous avoir revue, Mrs. Lawrence.

— Je peux... regarder ? demanda celle-ci d'un ton plein d'espoir.

— Quoi ? Ah, oui, bien sûr. » Ellis gagna à grands pas la porte de derrière et dévala les marches côté jardin. « Eh bien, venez ! cria-t-il avec impatience. Je ne veux pas me mettre en retard. Il est neuf heures cinquante-neuf et je dois être au bureau à dix heures. »

Mrs. Lawrence s'empressa de suivre Ellis. Dans le jardin se dressait un grand cerceau argenté qui brillait sous le soleil matinal. Ellis tourna quelques boutons situés à son pied et le cerceau changea de couleur pour passer au rouge chatoyant.

« C'est parti ! » s'écria-t-il en enjambant le rebord inférieur du cercle parfait, qui se mit à palpiter. Il y eut un léger *pop*, puis le rougeoiement mourut.

« Seigneur ! souffla Mrs. Lawrence. Il a disparu.

— Il est au centre de N'York, rectifia Mary Ellis.

— J'aimerais bien que mon mari ait un de ces Sauts-de-puce, lui aussi. Peut-être aurai-je les moyens de lui en offrir un quand ils seront sur le marché.

— Ça, ils sont pratiques, reconnut Mary Ellis. En ce moment même, Henry doit déjà être en train de saluer ses collègues. »

Henry Ellis se trouvait dans une sorte de tunnel, un tube gris informe qui s'étendait devant et derrière lui tel un égout empli de brume.

Il distinguait, cadrés dans l'ouverture, les vagues contours de sa maison, avec la véranda, le jardin, Mary debout sur les marches en pantalon et cache-cœur rouges, Mrs. Lawrence près d'elle, vêtue d'un short vert à carreaux ; le cèdre et les plates-bandes de pétunias, une colline, les petits pavillons bien entretenus de Cedar Groves, État de Pennsylvanie. Et devant lui...

New York. Un aperçu instable du coin de rue animé en face de son bureau. L'immeuble lui-même, ce grand bloc de béton, de verre et d'acier. Partout des piétons en mouvement, des gratte-ciel, des monoréacteurs se posant par essaims entiers. Des panneaux de signalisation aérienne. D'innombrables employés de bureau courant à leur travail.

Ellis avança sans hâte vers l'extrémité new-yorkaise du tunnel. Il avait pris le Saut-de-puce assez souvent pour savoir combien d'enjambées il devait accomplir : cinq. Cinq pas dans le tunnel gris aux parois vacillantes et il aurait parcouru deux cent cinquante kilomètres. Il s'arrêta le temps de jeter un regard en arrière. Pour l'instant, il avait fait trois pas. Donc cent quatre-vingts kilomètres. Plus de la moitié du chemin.

La quatrième dimension était vraiment une merveilleuse découverte.

Ellis cala son porte-documents contre son mollet, chercha son tabac dans la poche de sa veste et alluma sa pipe. Il lui restait trente secondes pour rallier son lieu de travail · c'était amplement suffisant. La flamme jaillit et il tira quelques bouffées en connaisseur, avant de refermer le briquet d'une chiquenaude et de le remettre dans sa poche.

Oui, une découverte merveilleuse. Le Saut-de-puce avait d'ores et déjà révolutionné la société. Désormais, on pouvait se rendre n'importe où sur la planète *instantanément*, sans le moindre délai. Et sans s'engluer dans des files ininterrompues de monoréacteurs en transit. Le problème des transports était un véritable casse-tête depuis le milieu du XXe siècle. Chaque année, de nouvelles familles quittaient les villes pour les campagnes, allant par la même occasion s'ajouter à la cohue déjà démesurée qui asphyxiait les routes et les voies aériennes.

Mais à présent le problème était résolu. On pouvait installer une *infinité* de Sauts-de-puce ; il ne se créait aucune interférence entre eux. Ils reliaient deux lieux de manière non spatiale, à travers une autre dimension — laquelle, on ne le lui avait pas très clairement expliqué. Pour mille malheureux crédits, toute famille terrienne pouvait se faire installer les deux cerceaux du Saut-de-puce, l'un dans le jardin, l'autre à Berlin, aux Bermudes, à San Francisco ou à Port-Saïd. N'importe où dans le monde. Bien sûr, il y avait tout de même un inconvénient. Le cerceau devait être ancré en un point spécifique. On choisissait sa destination une fois pour toutes.

Mais pour un employé de bureau, c'était l'idéal. On entrait par un côté, on ressortait par l'autre. Cinq pas — deux cent cinquante kilomètres. Deux cent cinquante kilomètres et deux heures de cauchemar à base de boîte de vitesses torturée, de coups de freins brutaux, de queues de poisson, de fous du volant ou du manche à balai, de flics aux aguets n'attendant que le moment de vous sauter sur le poil, toutes causes d'ulcère et de mauvaise humeur généralisée. Tout cela était bel et bien fini. Du moins pour lui, employé de la Terrienne de Développement, qui fabriquait le Saut-de-puce. Et bientôt, ce serait fini pour tous les autres, quand l'appareil serait commercialisé.

Ellis soupira. Il fallait y aller. Il voyait déjà Ed Hall escalader quatre à quatre les marches de l'immeuble de la T.D., Tony Franklin sur les talons. Oui, il était temps de se remuer. Il se baissa pour ramasser sa serviette...

Et c'est alors qu'il les vit.

À cet endroit, le halo gris tremblotant était plus ténu ; il formait une espèce de fine membrane où le miroitement s'affaiblissait. Là, à quelques centimètres de son pied, un peu plus loin que le coin de son porte-documents.

Derrière ce défaut dans la paroi se tenaient trois minuscules silhouettes. Trois hommes pas plus grands que des insectes qui l'observaient avec un air de stupéfaction incrédule.

Oubliant son porte-documents, Ellis les regarda intensément. Ils semblaient tout aussi sidérés que lui et ne remuaient pas davantage, bien au contraire ; leurs trois petites silhouettes restaient toutes raides de terreur. Henry Ellis se courba encore, bouche bée, les yeux écarquillés par la surprise.

Un quatrième petit être rejoignit les trois premiers et tous continuèrent à le contempler sans bouger, les yeux exorbités. Ils étaient vêtus de robes ou de toges brunes, et chaussés de sandales.

L'ensemble composant une tenue d'allure bien peu terrienne. D'ailleurs, tout en eux évoquait un monde non terrien, à commencer par leur taille, leur visage curieusement hâlé, leurs vêtements — et leur voix.

Car tout d'un coup, les créatures s'étaient mises à échanger des piaillements aigus dans un charabia incompréhensible. Sorties de leur immobilité, elles tournaient en rond, en proie à une singulière frénésie, et fonçaient à une vitesse incroyable en se trémoussant telles des fourmis sur une grille chauffée. Elles se démenaient avec des mouvements saccadés des bras et des jambes sans cesser de caqueter d'une voix perçante.

Ellis reprit son porte-documents d'un geste lent. Les êtres regardèrent l'énorme objet s'élever au-dessus de leurs têtes avec un mélange de terreur et d'émerveillement. Une idée lui vint à l'esprit. Seigneur ! Et s'ils traversaient la brume grise pour pénétrer dans le Saut-de-puce ?

Mais il n'avait plus le temps de s'en assurer. Il était déjà en retard. Il s'arracha à sa contemplation et se précipita vers l'extrémité new-yorkaise du tunnel. Une seconde plus tard, il sortait dans le jour aveuglant pour se retrouver dans l'agitation du coin de rue en face de son bureau.

« Hé ! Hank ! » s'écria Donald Potter, qui se ruait par les portes de l'immeuble de la T.D. « Magne-toi !

— Oui, oui. »

Ellis le suivit comme un automate. Derrière l'entrée du Saut-de-puce, au-dessus du trottoir, ne subsistait qu'un vague cercle, tel un spectre de bulle de savon. Il gravit les marches quatre à quatre et entra à la Terrienne de Développement, l'esprit déjà tourné vers la journée de dur labeur qui l'attendait.

On fermait les bureaux et l'on se préparait à rentrer chez soi quand Ellis retint le coordinateur, Patrick Miller, dans son bureau. « Dites, Mr. Miller. Vous êtes aussi chargé de la recherche, non ?

— En effet, pourquoi ?

— Je voudrais vous poser une question. Où va le Saut-de-puce, au juste ? Il passe bien quelque part.

— Il sort totalement de ce continuum-ci. » Miller était visiblement impatient de rentrer chez lui. « Il pénètre dans une autre dimension.

— Oui, je sais. Mais *laquelle* ? »

D'un geste vif, Miller déplia sa pochette en soie et l'étala sur son bureau. « Je peux peut-être vous l'expliquer de cette façon. Supposons que vous soyez une créature à deux dimensions et que cette pochette représente...

— J'ai déjà vu ça cent fois, répliqua Ellis, déçu. Ce n'est qu'une analogie, et les analogies ne m'intéressent pas. Je veux des faits. Où va mon Saut-de-puce entre ici et Cedar Groves ? »

Miller éclata de rire. « Qu'est-ce que ça peut vous faire ? »

Ellis se sentit soudain sur ses gardes. Il haussa les épaules en feignant l'indifférence. « Ça m'intrigue, c'est tout. Il doit bien aller *quelque part.* »

Miller lui posa une main amicale sur l'épaule, un peu comme l'aurait fait un grand frère. « Henry, mon vieux, laissez-nous donc ce genre de considérations, voulez-vous ? Ce sont *nous* les concepteurs ; vous, vous êtes le consommateur. Votre boulot, c'est d'utiliser le "Saut", de le tester à notre place, de nous en signaler les éventuels défauts et pannes afin que nous soyons sûrs que rien ne cloche quand nous le mettrons sur le marché l'an prochain.

— Justement...

— Oui ? »

Mais Ellis se ravisa. « Rien. » Il ramassa son porte-documents. « Rien du tout. À demain et merci, Mr. Miller. Bonsoir. »

Il descendit sans hâte au rez-de-chaussée et sortit. La forme vague de son Saut-de-puce transparaissait dans le jour déclinant. Le ciel fourmillait déjà de monoréacteurs en partance. Les travailleurs fatigués par leur journée entamaient leur interminable trajet de retour vers la campagne. Ah, ces allers-retours incessants... Ellis se dirigea vers le cerceau et y pénétra. D'un seul coup, la clarté du jour décrut puis s'évanouit.

Il retrouva le tunnel gris aux parois instables. À l'autre bout, un cercle lumineux vert et blanc palpitait : les riantes collines autour de sa maison, le jardin avec son cèdre et ses massifs, Cedar Groves...

Deux pas dans le tunnel et Ellis s'arrêta, puis se pencha pour observer le sol avec une extrême attention. Il inspecta le pied ondulant du mur de brume grise... et le défaut, l'endroit qu'il avait repéré.

Ils étaient toujours là. Ou plutôt non, c'était un groupe différent. Dix ou onze personnes, cette fois-ci. Des hommes, des femmes et des enfants attroupés qui l'observaient avec un air de terreur sacrée. Aucun ne mesurait plus de deux centimètres. Il avait sous les yeux de minuscules silhouettes distordues qui subissaient d'étranges transformations et passaient par toutes les couleurs de l'arc-en-ciel.

Ellis se remit vivement en marche. Les créatures le regardèrent partir. Après un dernier coup d'œil à ces microscopiques silhouettes ébahies, il déboucha dans son jardin.

Il désactiva le Saut-de-puce, gravit les marches de la terrasse arrière et entra, perdu dans ses réflexions.

« Salut ! » lança Mary depuis la cuisine. Elle vint à sa rencontre dans un frou-frou de tunique à mailles souples et lui tendit les bras. « Comment ça s'est passé au boulot, aujourd'hui ?

— Bien.

— Il y a quelque chose qui ne va pas ? Tu as l'air... bizarre.

— Non. Non, tout va bien. » L'air absent, Ellis embrassa sa femme sur le front. « Qu'est-ce qu'il y a pour dîner ?

— Un mets de choix. Du steak de taupe de Sirius. Un de tes plats préférés. Ça te va ?

— Très bien. » Ellis jeta son manteau et son chapeau sur un fauteuil, qui les plia aussitôt et alla les ranger. Son air pensif et préoccupé ne l'avait pas quitté. « Ça me va très bien, chérie.

— Tu es *sûr* qu'il ne s'est rien passé ? Tu ne te serais pas encore disputé avec Pete Taylor, par hasard ?

— Non. Bien sûr que non. » Ellis secoua la tête, agacé. « Tout va pour le mieux, chérie. Cesse de me harceler.

— Bon, si tu le dis... », fit Mary avec un soupir.

Le lendemain matin, ils l'attendaient.

Il les vit au premier pas qu'il fit dans le Saut-de-puce. Un petit groupe aux aguets dans le halo grisâtre, comme des insectes pris au piège dans un bloc de gelée. Ils s'agitaient frénétiquement, avec des gestes saccadés et si rapides qu'on ne distinguait plus la position de leurs membres, seulement leurs déplacements. Manifestement, ils tâchaient d'attirer son attention, notamment en pépiant à toute force, malgré la faiblesse pathétique de leurs voix.

Ellis s'accroupit. Ils étaient en train de faire entrer un objet par le défaut de la paroi. Un objet si petit qu'il avait peine à le discerner. Un carré blanc au bout d'une tige microscopique. Et ils le regardaient d'un air à la fois effrayé et plein d'espoir, haletant et suppliant.

Il s'empara de l'objet. Le carré se détacha tel un pétale de rose. Maladroit, il le laissa tomber et dut le chercher tout autour de lui. Les silhouettes minuscules le regardèrent avec une expression de désarroi total poser à l'aveuglette ses mains immenses ça et là dans le tunnel. Il finit par le localiser et l'éleva avec précaution à hauteur de ses yeux.

C'était bien trop petit pour être déchiffrable. *Une inscription ?* Oui, il distinguait de toutes petites lignes — mais il ne pouvait pas lire. Il plaça délicatement le carré dans son portefeuille, entre deux cartes de visite. « Je regarderai plus tard », dit-il.

Sa voix éclata dans le tunnel comme un roulement de tonnerre. Les créatures s'éparpillèrent en poussant leurs habituels petits cris aigus, s'enfoncèrent dans la paroi grise et disparurent de l'autre côté en un éclair telles des souris apeurées. Il se retrouva seul.

Ellis s'agenouilla et appliqua son œil là où la paroi s'amincissait en formant un miroitement grisé, à l'endroit même où les créatures s'étaient tenues. Il aperçut de vagues formes gauchies et perdues dans la brume. Un paysage mal défini, difficile à discerner. Des collines. Des arbres et des champs cultivés. Mais le tout tellement petit, tellement trouble...

Il consulta sa montre. Bon sang, déjà dix heures ! Il se remit promptement debout et se précipita vers la clarté aveuglante des trottoirs new-yorkais.

Je suis en retard. Il se rua dans l'escalier de la Terrienne de Développement et rejoignit son bureau au pas de course.

À l'heure du déjeuner, il fit un détour par les labos de recherche. Il héla Jim Andrews qui passait en trombe, les bras chargés de dossiers et de matériel. « Vous avez une seconde ?

— Qu'est-ce qu'il y a pour votre service, Henry ?

— Je voudrais vous emprunter quelque chose. Une loupe. » Il réfléchit. « Ou plutôt un microscope à photons. Avec un grossissement de cent ou deux cents fois.

— Un jouet, pour nous. » Jim lui dénicha un petit microscope. « Des lamelles, aussi ?

— Oui, deux ou trois lamelles vierges, s'il vous plaît. »

Il rapporta le microscope à son bureau et l'installa sur sa table de travail après avoir débarrassé celle-ci des papiers qui l'encombraient. Par mesure de précaution, il envoya Miss Nelson, sa secrétaire, déjeuner dehors. Alors, il sortit avec soin le bout de papier de son portefeuille et le glissa entre deux lamelles.

Aucun doute, c'était une inscription. Mais impossible de la comprendre. La langue lui était totalement inconnue, avec ses minuscules caractères complexes et entrelacés.

Il réfléchit quelques instants, puis il composa un numéro sur le vidphone interne. « Passez-moi le Département Linguistique. »

Au bout d'un moment apparut le visage jovial d'Earl Peterson. « Salut, Ellis. Que puis-je pour toi ? »

Ellis hésita. Il s'agissait de bien s'y prendre. « Dis donc, mon vieux... J'aurais un petit service à te demander.

— Quel genre ? On ne refuse rien à un copain de toujours.

— Tu... Vous avez toujours la Machine en bas, je crois ? La traductrice dont vous vous servez pour travailler sur les documents issus des cultures non terriennes ?

— Bien sûr. Et alors ?

— Tu crois que je pourrais m'en servir ? » Il parlait à toute vitesse à présent. « Il s'agit d'un vrai sac de nœuds, Earl. J'ai un copain qui vit sur... euh... Centaure VI ; il m'écrit dans le... euh... tu sais bien, enfin, le système sémantique des autochtones quoi, et je...

— Tu veux la Machine pour traduire ta lettre, c'est ça ? Bon, je crois qu'on peut s'arranger. Pour cette fois, du moins. Apporte-la. »

Il s'exécuta. Il demanda à Earl de lui montrer comment fonctionnait l'admission des documents et, dès que l'autre eut le dos tourné, y introduisit le sien. La Machine linguistique se mit à cliqueter et à ronronner. Ellis pria en silence pour que le papier ne soit pas de trop petite taille et ne tombe pas entre les palpeurs.

Mais quelques secondes plus tard une bande magnétique se dévidait par la fente de sortie. Elle se sectionna d'elle-même et tomba dans une corbeille. La Machine linguistique se consacra aussitôt à d'autres problèmes plus urgents posés par les divers départements « export » de la T.D.

Ellis déroula la bande d'une main tremblante. Les mots dansaient devant ses yeux.

Des *questions*. Ils lui posaient des questions. Bon

sang, ça se compliquait. Il les lut attentivement ; ses lèvres remuaient en silence. Dans quoi s'était-il embarqué ? Ils allaient attendre de lui des réponses maintenant qu'il avait ramassé leur papier. Ils l'attendraient sûrement sur le chemin du retour.

Il regagna son bureau et composa un nouveau numéro de vidphone. « Donnez-moi l'extérieur », ordonna-t-il.

Le vidéo-standardiste habituel apparut. « Monsieur ?

— Je voudrais la Bibliothèque Fédérale d'Information. Division des Recherches Culturelles. »

Le soir il les trouva qui l'attendaient comme prévu. Mais là non plus, ce n'étaient pas les mêmes. Curieux... chaque fois un groupe différent. Leurs habits aussi avaient un peu changé. Les tons étaient nouveaux. À l'arrière-plan, le paysage s'était également altéré. Les arbres avaient disparu. Les collines étaient toujours là, mais colorées différemment. Ce gris blanc voilé pouvait-il être de la neige ?

Il s'accroupit. Il avait soigneusement préparé ses réponses. L'information issue de la Bibliothèque Fédérale était repassée par la Machine, qui l'avait retraduite. Elle était maintenant formulée dans la même langue que les questions — mais inscrite sur une feuille de papier un peu plus grande.

Ellis en fit une boulette qu'il expédia d'une pichenette, comme s'il jouait aux billes, à travers la paroi grise. Elle renversa six ou sept des silhouettes aux aguets avant de dévaler le flanc de colline où les créatures se tenaient. Un moment pétrifiées par la terreur, celles-ci se lancèrent frénétiquement à sa poursuite. Bientôt elles disparurent dans les profondeurs vagues et invisibles de leur monde et Ellis se releva avec raideur. « Et voilà, marmotta-t-il. Point final. »

Mais il se trompait. Le lendemain matin, un nouveau groupe l'attendait — avec une nouvelle liste de questions. Les petits êtres glissèrent un autre bout de papier par le défaut de la paroi et attendirent tout tremblants qu'Ellis se penche pour le chercher à tâtons.

Il le trouva enfin et le rangea à nouveau dans son portefeuille avant de continuer son chemin. Quand il déboucha dans la ville de New York, un pli soucieux barrait son front. Voilà qui devenait sérieux. Est-ce que ça allait être un travail à temps complet ?

Mais il sourit. Il n'en revenait toujours pas. Ces petits coquins étaient mignons, à leur manière, avec ces minuscules visages attentifs, aux traits tendus par le sérieux de leurs préoccupations. Par la terreur, aussi. Car ils avaient peur, très peur de lui. Et pour cause, d'ailleurs ; à côté d'eux, il faisait figure de géant.

Il s'interrogea sur leur monde. Quel genre de planète était-ce ? Curieux qu'ils soient si petits. Quoique la taille soit une notion relative. Toutefois, petits, ils l'étaient — par rapport à lui. Petits et pleins de déférence à son égard. Outre la crainte, il lisait sur leurs visages un espoir dévorant quand ils lui passaient leurs bouts de papier. Ils étaient dépendants de lui. Ils priaient pour qu'il leur donne des réponses.

Ellis sourit. « Pas banal, comme boulot », dit-il à voix haute.

« Qu'est-ce que c'est, cette fois ? lui demanda Peterson quand il se présenta au labo de linguistique à midi.

— Eh bien, vois-tu, j ai reçu une autre lettre de mon ami de Centaure VI.

— Vraiment ? » Un vague soupçon se peignit sur les traits de Peterson. « Tu ne serais pas en train de te moquer de moi, Henry ? La Machine a beaucoup à faire, tu sais. Les textes à traduire ne cessent d'affluer. On ne peut pas se permettre de perdre du temps avec des...

— C'est sérieux, Earl, je t'assure. » Ellis tapota son portefeuille. « *Très* sérieux. Il ne s'agit pas simplement de bavardages entre amis.

— Bon. Si tu le dis. » D'un signe de tête, Peterson donna son accord aux opérateurs. « Tommie, laisse ce monsieur utiliser la Traductrice.

— Merci », murmura Ellis.

Il refit le même parcours : une fois les questions traduites, il les transmit par vidphone aux chercheurs de la Bibliothèque. Quand le soir tomba, les réponses étaient rédigées dans la langue de leurs destinataires et bien en sécurité dans le portefeuille d'Ellis, qui emprunta comme d'habitude son Saut-de-puce.

Comme d'habitude, c'était un nouveau groupe qui l'attendait.

« Voilà pour vous, les gars », tonna Ellis en propulsant par le défaut de la paroi miroitante sa boulette de papier, qui dégringola la toute petite pente en rebondissant de colline en colline, poursuivie par les minuscules créatures aux jambes curieusement raides et aux mouvements saccadés. Ellis les regarda faire avec un sourire d'intérêt — et de fierté.

Ils ne perdaient pas de temps ; c'était le moins qu'on puisse dire. Il ne les distinguait plus que vaguement maintenant. Ils s'étaient éloignés à toute allure de la paroi. Apparemment, seule une portion réduite de leur monde était tangente au Saut-de-puce : ce point où la paroi miroitante s'amincissait. Il regarda avec une vive attention.

Ils dépliaient la boulette. Ils s'y étaient mis à trois ou quatre pour lisser le papier et déchiffrer les réponses.

Tout gonflé d'orgueil, Ellis se remit en marche dans le tunnel et arriva dans son jardin. Il ne comprenait pas leurs questions, et une fois celles-ci traduites, il ne savait pas y répondre. C'était le Service Linguistique qui se chargeait de la première partie de la tâche et les chercheurs de la Bibliothèque qui effectuaient la seconde. Mais cela n'empêchait pas Ellis de se sentir tout fier. Une sensation de chaleur irradiait au plus profond de lui-même. Ah, leur expression ! Le regard qu'ils levaient sur lui quand ils voyaient la boulette dans sa main, quand ils sentaient qu'il allait leur répondre... Et comme ils galopaient derrière elle ! C'était en quelque sorte... gratifiant. Du coup, il se sentait drôlement bien.

« Pas mal, murmura-t-il en ouvrant la porte de derrière. Pas mal du tout.

— Qu'est-ce qui n'est pas mal, chéri ? » s'enquit Mary en levant les yeux. Elle posa son magazine et se leva de table. « Ma parole, tu as l'air tout *heureux*. Qu'est-ce qui t'arrive ?

— Rien. Rien du tout ! » Il l'embrassa sur la bouche avec effusion. « Toi non plus tu n'es pas mal du tout, tu sais, ma chérie.

— Henry ! » Mary rougit joliment. « Comme tu es gentil. » Il contempla sa femme dans son ensemble drapé en plastique transparent. « Pas vilaines, ces guenilles.

— Henry ! Qu'est-ce qui te prend ? Tu as l'air de si bonne humeur ! »

Il sourit. « Ce doit être parce que j'aime ce que je fais. Il n'y a rien de tel que de tirer fierté de son travail. Du moment que c'est du travail “bien fait”, comme on dit, et qu'on a de quoi s'enorgueillir.

— Toi qui te plains toujours de n'être qu'un rouage dans une grande machine impersonnelle ! Un simple numéro !

— Les choses ont changé, affirma Ellis. Je suis sur... euh... sur un autre projet maintenant. On m'a assigné une nouvelle mission.

— Ah bon ?

— Oui, je réunis des informations. Un travail... disons plus créatif. »

À la fin de la semaine, il leur avait en effet fourni une quantité respectable d'informations.

Il se mit à partir au travail vers neuf heures et demie du matin, ce qui lui laissait une bonne demi-heure pour regarder à quatre pattes par le défaut du miroitement. Il devint bientôt très habile pour ce qui était de *les* observer, eux et leurs activités dans ce monde microscopique.

Ils formaient une civilisation quelque peu primitive. Aucun doute là-dessus. Selon les critères terriens, en fait, on pouvait tout juste les qualifier de civilisés. Pour autant qu'il pût en juger, ils étaient pratiquement dépourvus de technologie ; c'était une sorte de société agraire, de communisme rural, de structure tribale monolithique dont les membres paraissaient peu nombreux.

Du moins à un moment donné. Car c'était cela qui lui échappait. À chacun de ses passages il trouvait un groupe différent. Aucun visage familier. Et leur monde changeait, lui aussi. Les arbres, les récoltes, la faune... Même le climat, apparemment.

Vivaient-ils dans un temps différent ? On aurait pu le croire, à voir leurs gesticulations heurtées. Comme quand on regarde une vidéo en accéléré. Et il y avait ces petites voix aiguës. Oui, c'était peut-être cela. Un univers totalement autre, jusque dans la structure temporelle.

Quant à leur attitude envers lui, pas d'erreur possible. Dès les premières rencontres, ils s'étaient mis à disposer devant lui des offrandes composées de minuscules portions de nourriture fumée, préparée dans des fours ou sur des foyers de briques. S'il se plaquait au sol, le nez contre l'ouverture, il flairait de vagues odeurs de cuisine, plutôt fortes d'ailleurs ; piquantes, même. Les mets devaient être très épicés. À base de viande, sans doute.

Le vendredi, il emporta une loupe. Il s'agissait bien de viande. Les créatures conduisaient jusqu'aux fours des animaux grands comme des fourmis avant de les abattre et de les faire cuire. Grâce à la loupe, il put mieux distinguer leurs traits. Ils étaient étranges, puissants ; le teint était sombre, l'expression curieusement décidée.

Naturellement, ils ne le considéraient jamais qu'avec une seule et même expression, mélange de crainte, de respect et d'espoir qui l'emplissait de contentement. Elle lui était exclusivement réservée. Entre eux, ils criaient, ils se disputaient — parfois même, ils échangeaient des coups de couteau, s'empoignaient avec rage et roulaient à terre en un fouillis de robes brunes. C'étaient des êtres vigoureux et passionnés. Il en vint à les admirer.

C'était d'autant mieux, d'ailleurs — il n'en était que plus satisfait. Jouir du respect exprimé par des visages si orgueilleux, si robustes, c'était quelque chose. Ces créatures n'avaient décidément pas trace de lâcheté en elles.

À son cinquième passage, ils avaient élevé un édifice assez plaisant. Une espèce de temple. Un lieu de culte.

À sa gloire à lui ! Pas de doute, ils élaboraient une véritable religion autour de lui. Il décida alors de partir travailler dès neuf heures chaque matin, afin de pouvoir passer une heure en leur compagnie. Vers le milieu de la deuxième semaine, ils avaient déjà mis au point un rituel complet auquel ne manquaient ni les processions ni les cierges, ni les chants ni les prières. Avec prêtres en longue toge et offrandes épicées.

Sans idoles, toutefois. Manifestement, pour eux, il était si grand qu'ils ne pouvaient déterminer précisément son aspect physique. Il tâcha d'imaginer ce qu'on percevait de *leur* côté du miroitement. Une forme immense se dressant au-dessus d'eux derrière un mur de brume grise. Un être indistinct, à la fois semblable à eux et extrêmement *différent*. Appartenant à une autre espèce, de toute évidence. Plus grand — mais présentant aussi d'autres disparités. Et quand il parlait... les échos résonnaient d'un bout à l'autre du Saut-de-puce, ce qui provoquait immanquablement une débandade.

Une religion en pleine évolution... Il était en train de les transformer. Par sa présence mais aussi par les réponses justes, précises, qu'il obtenait de la Bibliothèque Fédérale d'Information et qu'il faisait traduire dans *leur* langue par la Machine linguistique. Évidemment, dans leur univers temporel à elles, les créatures devaient les attendre pendant des générations. Mais elles s'y étaient accoutumées. Elles attendaient. Elles espéraient. Elles lui transmettaient leurs questions et, deux siècles plus tard, lui-même leur communiquait des réponses dont elles faisaient certainement bon usage.

« Mais enfin ! » s'exclama Mary un soir où il rentra du travail avec une heure de retard. « Où étais-tu passé ? demanda-t-elle sur un ton impérieux.

— Je travaillais », répondit nonchalamment Ellis en ôtant chapeau et manteau. Il se jeta sur le canapé. « Je suis crevé. Vraiment crevé. » Il poussa un soupir de soulagement et fit signe à l'accoudoir de lui apporter un whisky.

Mary s'approcha. « Je me fais un peu de souci à ton sujet, Henry.

— Comment ça ?

— Tu ne devrais pas travailler si dur. Tu devrais te détendre davantage. Il y a combien de temps que tu n'as pas pris de vraies vacances ? Loin de la Terre, voire hors du système solaire. J'ai bien envie d'appeler ce Miller et de lui demander pourquoi, à ton âge, tu es obligé de t'investir autant dans ton...

— À mon âge ! » Ellis se hérissa d'indignation. « Je ne suis tout de même pas si vieux.

— Ce n'est pas ce que j'ai voulu dire. » Mary s'assit près de lui et l'enlaça affectueusement. « Mais on ne devrait pas t'en demander autant. Tu mériterais bien un congé. Tu ne crois pas ?

— Ce que je fais maintenant est différent. Tu ne comprends pas. Je ne fais plus le même travail routinier qu'avant, qui consistait essentiellement à rédiger des rapports, établir des statistiques et surtout faire du classement. Maintenant...

— Eh bien ?

— C'est *autre chose*. Je ne suis plus un rouage.

Ce boulot-là m'apporte quelque chose. Je ne peux pas t'expliquer. Mais c'est une chose que je *dois* faire.

— Si tu pouvais m'en dire plus...

Non, je ne peux pas. Mais c'est un travail unique au monde. Il y a vingt-cinq ans que je travaille pour la Terrienne de Développement. Vingt-cinq ans à rédiger indéfiniment les mêmes sempiternels rapports. Et en vingt-cinq années, je n'ai jamais éprouvé ce que j'éprouve maintenant. »

« Ah oui ? rugit Miller. Pas de ça avec moi, Ellis ! Je veux la vérité ! »

Ellis ouvrit la bouche, puis la referma. « De quoi s'agit-il ? » s'enquit-il au bout d'un moment. La terreur l'envahissait. « Qu'est-ce qui se passe ?

— Ah, n'essayez pas de jouer au plus malin avec *moi* ! » Sur le vidécran, le visage de Miller virait au pourpre. « Venez dans mon bureau. »

L'écran s'éteignit.

Ellis en resta assommé à sa table de travail. Puis, peu à peu, il reprit ses esprits et se leva, tout tremblant. « Oh, mon Dieu... » Sans forces, il essuya la sueur glacée qui perlait à son front. C'était arrivé si subitement... Tout s'écroulait. Le choc le laissait hébété.

« Quelque chose ne va pas ? demanda Miss Nelson d'une voix pleine de sollicitude.

— Non, non. » Comme engourdi, Ellis gagna la porte. Il était anéanti. Qu'avait découvert Miller ? Seigneur ! Se pouvait-il qu'il ait...

« Mr. Miller avait l'air furieux.

— Oui. » Ellis s'avança mécaniquement dans le couloir, l'esprit en déroute. Miller avait effectivement l'air hors de lui. Manifestement, il avait tout découvert. Mais comment ? Et pourquoi cette colère ? Qu'est-ce que ça pouvait bien lui faire ? Un frisson glacé s'empara de lui. Ça s'annonçait très mal. Miller était son supérieur — il avait le pouvoir d'embaucher et de renvoyer les gens à sa guise. Peut-être Ellis avait-il fait quelque chose d'interdit. Transgressé une loi quelconque. Commis un délit ou un autre. Mais lequel ?

En quoi pouvaient-*ils* intéresser Miller ? Qu'est-ce que la Terrienne de Développement avait à voir là-dedans ?

Il ouvrit la porte du bureau de son chef. « Me voilà, Mr. Miller, souffla-t-il. De quoi s'agit-il ? »

Miller le foudroya du regard. « Toutes ces salades sur votre prétendu cousin de Proxima... !

— Euh... vous voulez parler de cette relation d'affaires sur Centaure VI ?

— Espèce de... d'escroc ! » Miller sauta sur ses pieds. « Après tout ce que la Compagnie a fait pour vous !

— Je ne comprends pas, marmotta Ellis. Qu'est-ce que j'ai...

— À votre avis, pourquoi vous a-t-on confié un Saut-de-puce ?

— Oui, pourquoi ?

— Pour que vous le testiez ! Pour que vous le mettiez à l'épreuve, saloperie de criquet vénusien borné ! La Compagnie consent magnanimement à vous allouer un Saut-de-puce avant sa sortie sur le marché, et qu'est-ce que vous en faites ? Vous en profitez pour... »

Ellis sentait l'indignation le gagner. Après tout, il avait quand même vingt-cinq ans d'ancienneté. « Inutile de me parler sur ce ton. J'ai allongé mes mille crédits-or pour l'avoir, non ?

— Eh bien, vous pouvez aller tranquillement chez le comptable récupérer votre argent. J'ai déjà donné ordre à une équipe du Bâtiment de mettre votre Saut-de-puce dans une caisse et de le rapporter ici. »

Ellis n'en revenait pas. « Mais pourquoi ?

— Vous me demandez pourquoi ? Parce qu'il est défectueux, voilà pourquoi. Parce qu'il ne marche pas bien. » Les yeux de Miller lançaient des éclairs tant le scandale lui semblait grand, technologiquement parlant. « L'équipe d'inspection y a trouvé une fuite d'un kilomètre de large. » Une moue méprisante. « Comme si vous ne le saviez pas. »

Le cœur d'Ellis se serra. « Une fuite ! dit-il d'une voix rendue rauque par l'appréhension.

— C'est cela même. Encore heureux que j'aie autorisé une inspection périodique. Parce que si on devait compter sur les gens comme vous pour...

— Vous en êtes sûr ? Tout m'avait l'air normal. Je veux dire qu'il m'amenait ici sans problème, bredouilla Ellis. Ce n'est pas moi qui m'en plaindrais.

— C'est ce que je constate, en effet. C'est bien pour cela qu'on ne vous en donnera pas d'autre. Et que dès ce soir, vous prendrez le monojet pour rentrer chez vous, comme tout le monde. Justement parce que vous n'avez pas signalé la fuite ! Et si jamais vous essayez encore de nous flouer...

— Qu'est-ce qui vous permet d'affirmer que j'avais connaissance de ce... défaut ? »

Fou de rage, Miller se rencogna dans son fauteuil et répondit en détachant bien ses mots. « Votre pèlerinage quotidien à la Machine linguistique. Avec une lettre de votre prétendue grand-mère de Bételgeuse II. Qui était tout autre chose en fait. Une supercherie totale. En vérité vous l'obteniez par la faille dans le Saut-de-puce !

— Qu'est-ce que vous en savez ? » Au pied du mur, Ellis glapit audacieusement : « Peut-être qu'il y avait *effectivement* une fuite. Mais vous ne pouvez pas prouver qu'il y ait un quelconque rapport entre votre Saut-de-puce défectueux et ma...

— La missive, coupa Miller, que vous avez soumise à notre Machine linguistique n'était pas rédigée dans une langue extra-terrestre. Elle ne provenait ni de Centaure VI ni d'aucun autre système étranger. C'était de l'hébreu ancien. Et il n'y a qu'un seul endroit où vous ayez pu l'obtenir, Ellis. Alors ne me racontez pas d'histoires.

— De l'hébreu ! sursauta Ellis, soudain pâle comme un linge. Oh, mon Dieu ! L'autre continuum — la quatrième dimension. C'était le temps, bien sûr. » Il tremblait de la tête aux pieds. « L'univers en expansion expliquerait leur taille. Et le fait que chaque fois, j'aie eu affaire à un nouveau groupe, une nouvelle génération...

— Nous prenons déjà assez de risques avec ces Sauts-de-puce, à gauchir ainsi d'autres continuums spatio-temporels pour y faire passer nos tunnels. » Miller secoua la tête d'un air las. « Mais il a fallu que vous alliez y fourrer votre nez, hein ? Vous *saviez*, pourtant, que vous étiez censé signaler tout dysfonctionnement éventuel.

— Je n'ai rien fait de mal, si ? » Ellis se sentait terriblement inquiet tout à coup. « Ils avaient l'air contents, reconnaissants, même. Mince, je suis sûr de ne pas avoir créé de problème. »

Miller poussa un hurlement de rage, puis se mit à aller et venir furieusement dans la pièce. Enfin, il jeta quelque chose sur son bureau, juste devant Ellis. « Vous en êtes sûr, hein ? Tu parles ! Regardez-moi ce livre. Je l'ai trouvé aux Archives des Artefacts Anciens.

— Qu'est-ce que c'est ?

— Mais regardez donc ! J'ai comparé cette liste à l'une des vôtres. Eh bien ce sont les mêmes. *Exactement* les mêmes ! Toutes vos listes, questions et réponses, elles y sont toutes. Sale mille-pattes galeux de Ganymède ! »

Ellis ouvrit le livre. À mesure qu'il tournait les pages, une curieuse expression gagnait lentement son visage. « Juste ciel. Ainsi, ils ont conservé ce que je leur communiquais. Ils en ont fait un livre. Sans omettre un seul mot. Il y a aussi des commentaires. Tout est là — à la virgule près. Alors ce que j'ai fait a *réellement* eu un impact. Ils se le sont transmis de génération en génération par l'intermédiaire de l'écriture.

— Retournez à votre poste. Je vous ai assez vu pour aujourd'hui. Je vous ai assez vu tout court.

Votre chèque de remerciement vous parviendra par la voie normale. »

En proie à une espèce de transe, le visage empourpré par une étrange fièvre, Ellis serra le livre contre lui et, ahuri, se dirigea vers la porte. « Dites, Mr. Miller. Je peux prendre ce livre ? Je peux l'emporter ?

— Pourquoi pas ? dit Miller avec lassitude. Bien sûr que vous pouvez le garder. Vous n'aurez qu'à le lire ce soir, en rentrant chez vous. Par le mono-transport en commun. »

« Henry a quelque chose à te montrer », souffla Mary Ellis d'une voix exaltée en saisissant le bras de Mrs. Lawrence. « Tâche de trouver le mot juste.

— Le mot juste ? » Mrs. Lawrence hésita, nerveuse et un peu mal à l'aise. « De quoi s'agit-il ? Pas d'un être vivant, j'espère.

— Mais non, mais non. » Mary la poussa vers le bureau de son mari. « Contente-toi de sourire. » Elle éleva la voix. « Henry, Dorothy Lawrence est là. »

Henry Ellis apparut sur le seuil et s'inclina légèrement, tout empreint de dignité dans sa robe de chambre en soie, pipe à la bouche et stylo-plume en main. « Bonsoir, Dorothy, dit-il d'une voix basse et bien modulée. Voulez-vous entrer un moment dans mon cabinet de travail ?

— De travail ? » Mrs. Lawrence entra d'un pas hésitant. « Et sur quoi travaillez-vous ? Mary m'a bien confié que vous faisiez quelque chose de très intéressant ces temps-ci, depuis que vous n'êtes plus chez... depuis que vous êtes plus souvent à la maison, je veux dire. Mais elle ne m'a donné aucune idée de ce que ça pouvait être. »

Mrs. Lawrence laissa errer un regard curieux dans la pièce. Celle-ci fourmillait d'ouvrages de référence et de cartes, sans compter un énorme bureau en acajou, un atlas, un globe terrestre, des fauteuils en cuir et une machine à écrire électrique d'âge canonique.

« Seigneur ! s'écria-t-elle. Comme c'est étrange. Toutes ces vieilleries ! »

D'un geste plein de précaution, Ellis prit quelque chose dans la bibliothèque et le lui tendit l'air de rien. « À propos... vous voudrez peut-être jeter un coup d'œil à ceci.

— Qu'est-ce que c'est ? Un livre ? » Mrs. Lawrence l'examina avec la plus extrême attention. « Juste ciel ! Qu'il est lourd ! » Elle déchiffra la tranche en remuant silencieusement les lèvres. Puis : « Qu'est-ce que ça veut dire ? Il a l'air très ancien. Quels drôles de caractères ! Je n'ai jamais rien vu de pareil. *La Sainte Bible.* » Elle releva la tête, les yeux brillants. « Qu'est-ce que c'est ? »

Ellis eut un petit sourire. « Eh bien... »

La lumière se fit dans l'esprit de Mrs. Lawrence, qui en resta bouche bée. « Seigneur ! Ne me dites pas que c'est *vous* qui l'avez écrit ! »

Le sourire d'Ellis s'élargit et ses joues s'empourprèrent sous l'effet de l'humilité. Le tout composant une expression modeste elle aussi empreinte d'une grande dignité. « Ce ne sont que quelques petites choses que j'ai jetées sur le papier, murmura-t-il en feignant l'indifférence. Ma première œuvre, en fait. » Il manipula pensivement son stylo-plume. « Et maintenant, si vous voulez bien m'excuser, je dois me remettre au travail... »

Des pommes ridées

Quelque chose tapait à la fenêtre avec insistance, poussé par le vent, heurtant la vitre à petits coups légers.

Assise sur le canapé, Lori fit semblant de ne pas entendre. Elle serra plus fermement son livre et tourna la page. Les heurts reprirent, plus sonores et plus impérieux. Il devenait impossible de faire la sourde oreille.

« La barbe ! » dit-elle. Elle jeta son livre sur la table basse et se précipita vers la fenêtre à guillotine. Elle en saisit les poignées de cuivre massives et tira vers le haut.

La fenêtre résista un instant. Puis, avec un grincement de protestation, se souleva à regret. Le vent froid de l'automne se rua dans la pièce. Le morceau de feuille coupable cessa de battre contre le carreau et vint tourbillonner autour de la gorge de la jeune femme avant de voleter jusqu'au sol.

Lori ramassa la feuille morte toute brunie. Avec un coup au cœur elle la glissa dans la poche arrière de son jean. Plaquée contre ses reins, la feuille la piquait et la chatouillait, petite pointe dure qui aiguillonnait sa peau tendre et lisse et faisait courir de délicieux frissons le long de sa colonne vertébrale. Elle s'attarda devant la fenêtre ouverte pour humer l'air empli de la présence des arbres et des pierres, de rochers et d'endroits lointains. L'heure était venue de repartir. Elle effleura la feuille. Lori était *attendue*.

Elle quitta en toute hâte le grand salon et emprunta le couloir jusqu'à la salle à manger déserte. Des éclats de rire lui parvinrent de la cuisine. Elle ouvrit la porte. « Steve ? »

Son beau-père et son mari étaient assis à la table de la cuisine ; ils fumaient des cigares en buvant du café noir fumant.

« Qu'y a-t-il ? » demanda Steve en fronçant les sourcils à la vue de sa jeune épouse. Ed et moi sommes en pleine discussion d'affaires.

— Je... je veux te poser une question. »

Les deux hommes la dévisagèrent. Steve, avec ses cheveux bruns, ses yeux noirs, et toute la dignité opiniâtre des hommes de la Nouvelle-Angleterre ; et son père, toujours silencieux et réservé en *sa* présence à *elle*. Ed Patterson la remarqua à peine. Il lui tournait son large dos et fouillait dans une pile de factures.

« Quoi ? demanda Steve avec impatience. Qu'est-ce que tu veux ? Ça ne peut pas attendre ?

— Il faut que j'y aille, jeta Lori.

— Où ça ?

— Dehors. » L'anxiété l'envahit. « C'est la dernière fois, je te le promets. Je n'y retournerai plus après cela. D'accord ? » Elle essaya de sourire, mais son cœur cognait trop fort. « Laisse-moi y aller. Steve, s'il te plaît.

— Où est-ce qu'elle va ? » grommela Ed.

Steve grogna, mécontent. « Là-haut dans les collines. Une vieille bâtisse abandonnée. »

Les yeux gris d'Ed se portèrent brièvement sur lui. « La ferme abandonnée ?

— Oui. Tu la connais ?

— La vieille ferme Rickley. Rickley a déménagé il y a des années. On ne pouvait rien faire pousser là-haut. Il n'y a que des cailloux et de la mauvaise terre, avec beaucoup d'argile et de rocaille. La maison elle-même est en ruines et envahie par la végétation.

— C'était quel genre d'exploitation ?

— Fruitière. Des vergers. Mais les arbres n'ont jamais rien donné. Ils étaient vieux et maigrelets. Ça ne valait pas le coup. »

Steve consulta sa montre de gousset. « Tu seras rentrée à temps pour préparer le dîner ?

— Oui. » Lori se dirigea vers la porte. « Alors, je peux y aller ? »

Les traits de Steve se crispèrent ; il essayait de se décider. Lori attendait avec impatience, osant à peine respirer. Elle ne s'était jamais accoutumée aux gens du Vermont, à leurs manières lentes et mesurées. Les Bostoniens étaient très différents. Et là-bas, elle fréquentait plutôt des étudiants ; ils passaient leur temps à danser, discuter et rire jusque tard dans la nuit.

« Pourquoi vas-tu là-haut ? grommela son mari.

— Ne me le demande pas, Steve. Laisse-moi simplement y aller. C'est la dernière fois. » Elle se tordit les mains, manifestement à la torture. « Je t'en prie ! »

Steve regarda par la fenêtre. La bise d'automne tourbillonnait entre les arbres. « Bon, d'accord. Mais il ne va pas tarder à neiger. Je ne vois vraiment pas pourquoi tu tiens tant à... »

Lori courut prendre son manteau dans le placard. « Je serai là pour préparer le dîner ! » s'écria-t-elle gaiement. Elle se précipita vers la véranda tout en boutonnant son manteau, le cœur battant à toute allure. Ses joues étaient cramoisies d'excitation, et quand elle referma la porte derrière elle, le sang battait à ses tempes.

Un vent glacial la fouetta, lui ébouriffa les cheveux et lui mordit la peau. Elle prit sa respiration et descendit les marches.

Elle traversa le champ d'un pas vif, en direction des collines et de leur terne moutonnement. Hormis le vent, on n'entendait pas un bruit. Elle tapota sa poche. La feuille desséchée se désagrégea et la piqua, comme affamée.

« J'arrive, murmura-t-elle, un peu intimidée, un peu effrayée. Je suis en route... »

La jeune femme grimpa de plus en plus haut. À un moment, elle franchit une profonde crevasse entre deux pans rocheux. De grosses racines jaillissant d'antiques souches pointaient de toutes parts. Elle suivit le lit tortueux d'un ruisseau asséché.

Au bout d'un temps, la brume commença à l'environner. Au sommet de la crête, Lori s'arrêta, emplit ses poumons et contempla le chemin qu'elle avait parcouru.

Quelques gouttes de pluie firent bruire les feuilles alentour. Le vent se remit à souffler dans les grands arbres morts, le long de la crête. Lori se détourna et reprit sa marche, tête baissée, les mains dans les poches de son manteau.

Elle se trouvait dans un champ rocailleux, envahi de ronces mortes et de mauvaises herbes. Puis elle arriva devant une clôture brisée et pourrissante, qu'elle enjamba. Elle dépassa un puits effondré à moitié comblé par des pierres et de la terre.

Sous le coup de l'impatience et de l'énervement, son cœur battait la chamade. Elle y était presque. Elle passa devant les vestiges d'un bâtiment : des poutres affaissées, du verre brisé, quelques meubles épars. Un vieux pneu fissuré, maculé de boue, un tas de chiffons humides jetés sur un sommier aux ressorts rouilles...

C'était là. Droit devant.

À la lisière du champ se profilait un bosquet de vieux arbres. Des arbres sans vie, tout racornis, dont les branches maigres et noires ne portaient plus aucune feuille. Rien de plus que des bâtons cassés fichés dans le sol dur qui s'alignaient par rangées entières, parfois tordus, penchés, arrachés à la rocaille par le vent sans pitié.

Lori prit cette direction, les poumons en feu. Le vent lui opposait une résistance farouche et lui jetait à la figure une brume fétide qui faisait luire sa peau douce et humide. Elle toussa et se hâta de poursuivre, trébuchant sur les cailloux et les mottes de terre, tremblant de peur et d'impatience mêlées.

Elle contourna le bosquet, arrivant presque au rebord de la crête, et s'aventura avec précaution parmi les piles de gravats instables. Alors...

Elle s'immobilisa, tendue. Elle avait du mal à respirer. « Je suis venue », s'étrangla-t-elle.

Longtemps elle contempla le vieux pommier rabougri. Elle ne pouvait en détacher son regard. La vue de l'aïeul la fascinait et la dégoûtait à la fois. C'était l'unique survivant ; le seul arbre du bosquet qui n'était pas mort. Tous les autres avaient séché sur pied, vaincus. Mais cet arbre-ci s'accrochait à la vie.

Son écorce avait durci et il était devenu pratiquement stérile. Il ne portait plus que quelques feuilles brunes... et quelques pommes ridées, desséchées par le vent et la brume, oubliées et abandonnées de tous. Au pied de l'arbre, le sol était nu et crevassé, ponctué de cailloux et d'amas inégaux de feuilles putréfiées.

« Je suis venue », répéta Lori. Elle prit la feuille dans sa poche et la tendit avec précaution. « Elle tapait à la fenêtre. J'ai compris tout de suite. » Ses lèvres écarlates dessinèrent un sourire espiègle. « Elle tapait, tapait... Elle essayait d'entrer. J'ai voulu en faire abstraction. Elle était tellement... impétueuse. Elle m'irritait. »

Le balancement de l'arbre avait quelque chose de menaçant. Ses branches noueuses frottaient les unes contre les autres. Le bruit fit reculer Lori. La terreur l'envahit. Elle battit prestement en retraite vers la crête afin de se mettre hors de portée.

« Non, murmura-t-elle. *S'il vous plaît.* »

Le vent tomba. L'arbre redevint silencieux. Lori le contempla longuement, pleine d'appréhension.

Il ferait bientôt nuit. Le ciel s'obscurcissait rapidement. Une rafale de vent glacé la gifla et lui fit presque faire un demi-tour sur place. Elle frissonna, s'arc-bouta pour lui résister et resserra autour d'elle les pans de son long manteau. Tout en bas, le fond de la vallée était peu à peu avalé par l'ombre annonçant l'immense nuée nocturne.

Dans la brume de plus en plus sombre, l'arbre prenait des allures encore plus austères, plus menaçantes et plus sinistres que de coutume. Quelques feuilles s'en détachèrent pour s'en aller en tournoyant au gré du vent. L'une frôla Lori, qui essaya de l'attraper. La feuille lui échappa et revint en voletant près de l'arbre. Lori fit mine de la suivre puis s'arrêta, essoufflée et rieuse.

« Non, dit-elle d'un ton résolu, les mains sur les hanches. Il n'en est pas question. »

Un silence. Soudain, le vent souleva les tas de feuilles pourries, qui formèrent un furieux tourbillon circulaire autour de l'arbre, puis retombèrent.

« Non, reprit Lori. Je n'ai pas peur de vous. Vous ne pouvez pas me faire de mal. » Mais son cœur battait à coups redoublés. Elle recula de nouveau.

L'arbre ne broncha pas. Ses branches griffues restèrent immobiles.

Lori reprit courage. « Ce sera ma dernière visite.

Steve m'a interdit de revenir. Il n'aime pas ça. » Elle attendit, mais l'arbre resta sans réaction. « Ils sont dans la cuisine. Tous les deux. À fumer leurs cigares et boire leur café en additionnant des factures. » Elle prit un air dégoûté. « Ils passent leur temps à ça. Additionner et soustraire des factures. Jongler avec les chiffres. Profits et pertes, taxes, amortissement du matériel... »

L'arbre ne bougeait toujours pas.

Lori frissonna. Une nouvelle averse survint ; de grosses gouttes glacées ruisselèrent sur ses joues, sa nuque, et jusque dans le col de son épais manteau.

Elle se rapprocha de l'arbre. « Je ne reviendrai pas. Je ne vous reverrai jamais plus. Je voulais vous le dire... »

L'arbre bougea. Ses branches s'animèrent d'un coup. Lori sentit quelque chose de mince et de dur lui cingler l'épaule. Quelque chose la saisissait par la taille et la tirait en avant.

Elle lutta avec l'énergie du désespoir pour tâcher de se libérer. Soudain, l'arbre la relâcha. Elle recula en trébuchant ; elle riait et tremblait d'effroi simultanément. « Non ! souffla-t-elle. Vous ne m'aurez pas ! » Elle recula en toute hâte vers le bord de la crête. « Vous ne m'aurez jamais plus. C'est compris ? Et je n'ai pas peur de vous ! »

Elle resta là à attendre, attentive, frissonnant de froid et de peur. Tout à coup, elle tourna les talons et dévala la pente en dérapant et en butant sur les cailloux. Une terreur aveugle l'empoignait. Elle dégringola la pente abrupte à perdre haleine, en se rattrapant aux racines et aux herbes...

Quelque chose roula près de sa chaussure. Quelque chose de petit et de dur. Elle se baissa et ramassa l'objet.

Une petite pomme toute flétrie.

Lori tourna son regard vers l'arbre, en haut de la pente ; il disparaissait presque dans les volutes de brume. Sur fond de ciel noir, il dessinait une espèce de pilier hiératique.

Lori glissa la pomme dans la poche de son manteau et reprit sa descente à flanc de colline. Quand elle atteignit le fond de la vallée, elle l'en ressortit. Il était tard. La faim commençait à la tenailler. Soudain, elle pensa au dîner, à la cuisine bien chaude, à la nappe blanche, à un ragoût fumant suivi de biscuits.

Tout en marchant, elle se mit à grignoter la petite pomme.

Lori s'assit dans son lit ; les couvertures tombèrent. La maison était noire et silencieuse. De rares bruits assourdis troublaient la nuit, au loin. Il était plus de minuit. À côté d'elle, Steven dormait paisiblement, couché sur le flanc.

Qu'est-ce qui l'avait réveillée ? D'un mouvement de tête, elle chassa de ses yeux l'écran noir que lui faisaient ses cheveux. Qu'est-ce que... ?

Un spasme de douleur explosa en elle. Elle hoqueta et plaqua sa main sur son estomac. Elle lutta en silence quelques instants, les mâchoires crispées, en se balançant d'avant en arrière

La douleur reflua. Lori se rallongea. Elle poussa une faible plainte éraillée. « Steve... »

Steven remua et se retourna à demi en grognant dans son sommeil.

La douleur revint. Plus forte encore. Lori tomba en avant et se tordit de douleur. Elle avait l'impression que quelque chose lui déchirait les entrailles. Elle poussa un cri aigu, un hurlement de terreur et de souffrance.

Steve s'assit. « Pour l'amour de... » Il se frotta les yeux et alluma la lampe de chevet. « Mais enfin qu'est-ce qui... ? »

Lori gisait sur le flanc, haletante et gémissante, le regard fixe, les poings pressés sur l'estomac. La douleur la fouaillait, l'incendiait, la dévorait de l'intérieur.

« Lori ! fit Steven d'une voix peu amène. Qu'est-ce que tu as ? »

Elle hurla et hurla encore, au point que la maison résonnait de ses cris. Elle se laissa glisser sur le sol en se contorsionnant, agitée de soubresauts ; son visage était méconnaissable.

Ed arriva au pas de course en achevant d'enfiler son peignoir. « Qu'est-ce qui se passe ? »

Tous deux contemplèrent, impuissants, la femme qui se tordait à terre.

« Mon Dieu ! » dit Ed. Il ferma les yeux.

La journée était froide et grise. La neige recouvrait sans bruit les rues, les maisons, le bâtiment en brique rouge de l'hôpital du comté. Le Dr Blair emprunta d'un pas lent l'allée de gravier pour regagner sa Ford. Il se glissa au volant et mit le contact. Le moteur réagit immédiatement et le médecin desserra le frein.

« Je vous appellerai, dit-il. Il y aura certains détails à régler.

— Je comprends », murmura Steve, toujours hébété, le visage cireux et bouffi par le manque de sommeil.

« Je vous ai laissé des calmants. Tâchez de dormir un peu.

— Vous croyez que si on vous avait appelé plus tôt... ? commença Steve.

— Non. » Blair lui jeta un regard empreint de compassion. « Je ne pense pas. Dans un cas pareil, il n'y a pas beaucoup d'espoir, une fois que ça a éclaté.

— Alors c'était *bien* l'appendicite ? » Blair acquiesça.

« Si on n'habitait pas aussi loin, dit Steve d'un ton amer. Au fin fond de la campagne, sans hôpital ni rien. À des kilomètres de la ville. En plus, on ne s'est pas rendu compte tout de suite...

— Il ne faut plus y penser maintenant. » La Ford tout en hauteur avança de quelques mètres. Soudain, le médecin eut une idée. « Une dernière chose.

— Quoi ? » demanda Steve d'un ton morne.

Blair hésita. « Les autopsies... c'est toujours pénible. Je ne crois pas qu'il y ait matière à en demander une. Pour ma part, le diagnostic ne fait pas de doute... Cependant, je voulais vous demander...

— Quoi donc ?

— A-t-elle pu avaler quelque chose ? Est-ce qu'elle tenait des objets entre ses lèvres, par exemple des aiguilles quand elle cousait ? Des épingles, des pièces de monnaie, que sais-je... Des graines peut-être ? Est-ce qu'il lui arrivait de manger de la pastèque ? Il arrive parfois que l'appendice...

— Non. » Steve secoua la tête, épuisé. « Pas que je sache.

— C'était juste une idée comme ça. » Blair s'engagea à faible allure dans un étroit chemin bordé d'arbres, laissant derrière lui deux rubans sombres, deux salissures parallèles dans la neige tassée et scintillante.

Le printemps arriva, avec ses journées tièdes et radieuses. Le sol redevint noir et fertile. Dans le ciel, le soleil était une boule de feu pleine de vigueur.

« Arrête-toi ici », fit Steve à voix basse.

Ed Patterson gara la voiture le long du trottoir et coupa le moteur. Les deux hommes restèrent silencieux. Au bout de la rue des enfants jouaient. Un lycéen tondait une pelouse humide. La rue était dans l'ombre des grands arbres qui se dressaient de part et d'autre.

« Joli coin », commenta Ed.

Steve hocha la tête sans répondre. Maussade, il regarda passer une jeune fille qui, un sac à provisions sous le bras, gravit bientôt les marches d'une véranda avant de disparaître dans une maison jaune de style désuet.

Steve ouvrit sa portière. « Viens. Il est temps d'en finir ! »

Ed prit la couronne de fleurs sur le siège arrière et la posa sur les genoux de son fils. « C'est à toi de la porter.

— D'accord. » Steve saisit les fleurs et descendit de voiture. Les deux hommes remontèrent la rue côte à côte, muets et pensifs.

« Ça fait sept ou huit mois maintenant, dit Steve d'un ton abrupt.

— Au moins. » Ed alluma un cigare sans s'arrêter et se mit à répandre des nuages de fumée tout autour d'eux. « Peut-être même plus.

— Je n'aurais jamais dû l'amener ici. Elle avait passé toute sa vie en ville. Elle ne connaissait rien à la campagne.

— Ce serait arrivé de toute façon.

— Si on avait été plus près d'un hôpital...

— Le docteur a dit que ça n'aurait pas fait de différence. Même si on l'avait appelé tout de suite au lieu d'attendre le matin. » Ils tournèrent au coin de la rue. « Et comme tu le sais...

— Laisse tomber », dit Steve, tout à coup tendu.

Les cris des enfants s'était perdus derrière eux. Les maisons étaient plus clairsemées. Leurs pas résonnaient sur le trottoir tandis qu'ils poursuivaient leur chemin.

« On y est presque », dit Steve.

Ils parvinrent au pied d'une petite côte. En haut, une grille en cuivre massif courant le long d'un petit espace au gazon verdoyant et propret, ponctué de plaques en marbre blanc disposées en rangs réguliers.

« Nous y voilà, dit Steve d'une voix crispée.

— C'est joliment entretenu.

— On peut entrer par ce côté ?

— Essayons. » Ed se mit à longer la grille en quête d'un portail. Soudain, Steve s'immobilisa et, blême, poussa un grognement, les yeux rivés sur le pré. « *Regarde !*

— Quoi ? » Ed ôta ses lunettes. « Qu'est-ce que tu regardes ?

— J'avais raison. » La voix de Steve était basse, indistincte. « Je pensais bien qu'il y avait quelque chose. La dernière fois qu'on est venus, j'ai vu... Tu vois, toi aussi ?

— Ça dépend. Je vois un arbre, si c'est ce que tu veux dire. » Au milieu de la jolie pelouse se dressait fièrement un petit pommier dont les feuilles luisaient au soleil. Jeune et vigoureux, il oscillait au gré du vent d'un air plein d'assurance, et son tronc souple était tout imbibé de sève printanière.

« Elles sont *rouges*, dit tout bas Steve. Elles sont déjà rouges. Comment est-ce possible, bon sang ? On n'est qu'en avril. Comment peuvent-elles être rouges aussi tôt dans la saison ?

— Je ne sais pas, dit Ed. Je ne connais rien aux pommes. » Un étrange frisson le parcourut. De toute façon, les cimetières le mettaient *toujours* mal à l'aise. « On devrait peut-être y aller.

— Exactement la couleur de ses joues quand elle avait couru, poursuivit Steve. Tu te souviens ? »

Les deux hommes contemplaient avec inquiétude le petit pommier dont les fruits rouges resplendissaient sous le soleil de printemps tandis que ses branches ondulaient doucement selon les caprices du vent.

« Bien sûr que je me souviens, répliqua rudement Ed. Viens. » Il tira son fils par le bras, la couronne mortuaire oubliée. « Allez viens, Steve. Allons-nous-en d'ici. »

DU MÊME AUTEUR

Aux Éditions Gallimard

LA FILLE AUX CHEVEUX NOIRS (Folio Science-Fiction n° 87)

MINORITY REPORT (Folio Science-Fiction n° 109)

PAYCHECK (Folio Science-Fiction n° 165)

IMMUNITÉ (Folio Science-Fiction n° 197)

UN VAISSEAU FABULEUX (Folio Science-Fiction n° 213)

DANS LE JARDIN (Folio Science-Fiction n° 220)

Aux Éditions Denoël

Dans la collection Lunes d'encre

NOUVELLES TOME 1/1947-1953

NOUVELLES TOME 2/1953-1981

LA TRILOGIE DIVINE (à paraître en Folio Science-Fiction)

Dans la collection Présence du futur

SUBSTANCE MORT (Folio Science-Fiction n° 25)

DEUS IRAE (*en collaboration avec Roger Zelazny* – Folio Science-Fiction n° 39)

L'ŒIL DE LA SIBYLLE (Folio Science-Fiction n° 123)

SOUVENIR (Folio Science-Fiction n° 143)

LE VOYAGE GELÉ (Folio Science-Fiction n° 161)

LE GRAND O

AU SERVICE DU MAÎTRE

UN AUTEUR ÉMINENT

DERRIÈRE LA PORTE

LE CRÂNE

Aux Éditions J'ai lu

LE MAÎTRE DU HAUT CHÂTEAU
DR. BLOODMONEY
MESSAGE DE FROLIX 8
BLADE RUNNER
LE DIEU VENU DU CENTAURE
LES CLANS DE LA LUNE ALPHANE
À REBROUSSE-TEMPS
LE TEMPS DÉSARTICULÉ
LOTERIE SOLAIRE

En Omnibus

LA PORTE OBSCURE
AURORE SUR UN JARDIN DE PALMES
DÉDALES SANS FIN
SUBSTANCE RÊVE

Aux Éditions 10/18

COULEZ MES LARMES, DIT LE POLICIER
AU BOUT DU LABYRINTHE
L'ŒIL DANS LE CIEL
LA VÉRITÉ AVANT-DERNIÈRE
MENSONGE ET CIE
UBIK
MON ROYAUME POUR UN MOUCHOIR
LA BULLE CASSÉE
DANS LE SECTEUR DE MILTON LUMKY
TOTAL RECALL
LE PÈRE TRUQUE
PORTRAIT DE L'ARTISTE EN JEUNE FOU

Aux Éditions Joëlle Losfeld

HUMPTY DUMPTY À OAKLAND

L'HOMME DONT TOUTES LES DENTS ÉTAIENT SEMBLABLES

Composition IGS.
Impression Société Nouvelle Firmin-Didot
à Mesnil-sur-l'Estrée, le 2 septembre 2005.
Dépôt légal : septembre 2005.
Numéro d'imprimeur : 75073.

ISBN 2-07-030077-3/Imprimé en France.

31643